# Amor completo

YVONNE LINDSAY

Editado por HARLEQUIN IBÉRICA, S.A.
Núñez de Balboa, 56
28001 Madrid

© 2010 Dolce Vita Trust. Todos los derechos reservados.
AMOR COMPLETO, N.º 1810 - 14.9.11
Título original: For the Sake of the Secret Child
Publicada originalmente por Silhouette® Books.

Todos los derechos están reservados incluidos los de reproducción, total o parcial. Esta edición ha sido publicada con permiso de Harlequin Enterprises II BV.
Todos los personajes de este libro son ficticios. Cualquier parecido con alguna persona, viva o muerta, es pura coincidencia.
® Harlequin, Harlequin Deseo y logotipo Harlequin son marcas registradas por Harlequin Books S.A.
® y ™ son marcas registradas por Harlequin Enterprises Limited y sus filiales, utilizadas con licencia. Las marcas que lleven ® están registradas en la Oficina Española de Patentes y Marcas y en otros países.

I.S.B.N.: 978-84-9000-442-5
Depósito legal: B-26640-2011
Editor responsable: Luis Pugni
Preimpresión y fotomecánica: M.T. Color & Diseño, S.L.
C/ Colquide, 6 portal 2 - 3º H. 28230 Las Rozas (Madrid)
Impresión en Black print CPI (Barcelona)
Fecha impresion para Argentina: 12.3.12
Distribuidor exclusivo para España: LOGISTA
Distribuidor para México: CODIPLYRSA
Distribuidores para Argentina: interior, BERTRAN, S.A.C. Vélez Sársfield, 1950. Cap. Fed./ Buenos Aires y Gran Buenos Aires, VACCARO SÁNCHEZ y Cía, S.A.
Distribuidor para Chile: DISTRIBUIDORA ALFA, S.A.

# *Capítulo Uno*

Mientras esperaba en su muelle privado al borde del lago Whakatipu, Mia Parker se alisó el uniforme por enésima vez. Sentía curiosidad por conocer al nuevo huésped del Complejo Parker y además estaba nerviosa. La inquietud que había comenzado en torno a las tres de la mañana había ido creciendo hasta convertirse en un nudo de tensión situado entre sus omóplatos.

–¿Cómo crees que será? –le preguntó su madre, de pie a su lado.

–No lo sé, pero nos paga lo suficiente como para no sorprendernos demasiado –respondió Mia con una sonrisa tensa.

Se dijo a sí misma que su ansiedad estaba completamente infundada. Por lo que le había explicado su amiga, Rina Woodville, Mia sabía que Benedict del Castillo provenía de una familia adinerada y que buscaba un lugar tranquilo para recuperarse de un accidente de coche. A pesar de eso, no podía evitar preguntarse qué tipo de hombres tenía el dinero suficiente para alquilar todo su hotel y el spa durante un mes entero y pagarle una cuantiosa bonificación al mismo tiempo.

Con tanto dinero, ¿por qué ir hasta su oasis privado en uno de los puntos turísticos más bulliciosos de Nueva Zelanda? Los maravillosos complejos y spas europeos estarían mucho más cerca de su isla mediterránea. Y estaban más acostumbrados a proporcionar el tipo de anonimato lujoso que el señor Del Castillo parecía necesitar. ¿Qué habría ocurrido para que el hombre quisiera viajar hasta tan lejos?

–Con un poco de suerte, será alto, moreno y guapo. Y buscará esposa –insistió su madre.

–Mamá, no sabía que estuvieras buscando un marido –bromeó Mia, que sabía bien que su madre aún lloraba la muerte de Reuben Parker tres años atrás.

Para su sorpresa, su madre se sonrojó, pero inmediatamente siguió con su asalto no muy sutil.

–Sabes bien que estoy hablando de ti, jovencita. No creas que puedes cambiar de tema. Ya es hora de que vuelvas al mundo real y dejes de esconderte aquí.

–No me estoy escondiendo, estoy construyendo un negocio. Y este tipo, bueno, es nuestro billete para conseguir la seguridad financiera que tanto necesitamos. Eso es mucho más importante para mí ahora mismo que un romance.

Mia cerró los ojos por un momento y revivió el torrente de alivio y de excitación que había invadido su cuerpo cuando le habían ingresado en la cuenta la primera mitad del pago. Saber que podría pagar los sueldos de sus empleados durante la duración de su estancia y un mes más le había proporcionado una tranquilidad de espíritu que no había experimentado en mucho tiempo. La sensación era adictiva y hacía que fuese fácil justificar el hecho de no haber investigado el pasado de su huésped, diciéndose a sí misma que simplemente estaba respetando su petición de privacidad.

Un sonido en el agua llamó su atención y le hizo abrir los ojos. El barco se aproximaba y, en él, el hombre que sería el centro de atención de los empleados durante los próximos treinta días. Vio las líneas elegantes del barco mientras atravesaba el lago y se alegró de haber ignorado el consejo del director del banco de vender el barco tras la muerte de su padre, después de que se revelara el verdadero estado económico de la familia.

En momentos como ése, el barco era un vínculo vital e impresionante con el mundo exterior. Una prueba de que, a pesar de la decisión de Reuben Parker de quitarse la vida antes que hacer frente a sus deudores, los Parker sobrevivirían.

El barco estaba cada vez más cerca y Mia podía ver tres figuras de pie en la cubierta. Una de las figuras era Don, el capitán del barco y manitas del Complejo Parker. Los otros debían de ser el huésped y su entrenador personal, pues ya podía ver al padre de Don, de setenta y un años, de pie en la cubierta y preparado para lanzar las cuerdas de amarre.

–Todo está perfecto, ¿verdad? –le preguntó a su madre, invadida de pronto por el miedo a haber olvidado algo.

–Mia, relájate. Sabes que lo hemos hecho todo. El señor Del Castillo se alojará en la mejor suite, el alojamiento de su entrenador también está preparado, en la cocina tenemos la comida y la bebida que el señor Del Castillo prefiere, el coche y el chófer en Queenstown están a su disposición constantemente y tú misma has organizado sus visitas al spa como si de una práctica militar se tratase. Deja de preocuparte tanto. Además, en el caso improbable de que nos hayamos olvidado de algo, podremos arreglarlo sin mayor problema, estoy segura.

–Es cierto. Estaremos bien –dijo Mia, más para sí misma que para su madre.

Dio un paso al frente, agarró la cuerda que le lanzaron desde el barco y la ató al muelle mientras el padre de Don saltaba a tierra para hacer lo mismo con la parte trasera de la embarcación.

Tan pronto como el barco estuvo amarrado y la pasarela colocada hasta el muelle, dibujó una sonrisa en su cara. El primero en desembarcar fue un hombre rubio y delgado, vestido informalmente con unos vaqueros y una chaqueta ligera para protegerse del frío aire invernal. Supuso que sería el entrenador personal.

–Hola –dijo él estrechándole la mano con entusiasmo–. Soy Andre Silvain, encantado de conocerla.

Francés, a juzgar por su acento.

–Bienvenido al Complejo Parker, señor Silvain. Creo que encontrará todo el equipamiento que dijo que necesitaría para la duración de su estancia. Ésta es mi madre, Elsa Parker. Es el ama de llaves.

–Llámeme Andre –contestó él con una sonrisa, y miró a su alrededor–. Este lugar es increíble. Creo que Ben y yo conseguiremos grandes progresos aquí.

Su entusiasmo resultaba casi abrumador y Mia sintió que las mejillas comenzaban a dolerle al darse la vuelta para ver al hombre alto y moreno que cojeaba por la pasarela. Vestido de negro y obviamente sorprendido por el contraste de temperatura entre su isla natal, Sagrado, y un invierno neocelandés, caminaba lentamente con una mano apoyada en la barandilla.

Aunque no podía verle la cara, había algo que le resultaba familiar en él, pensó mientras veía cómo el viento agitaba la bufanda de seda que llevaba alrededor del cuello y de la mandíbula. El tejido se deslizó y dejó ver una barba incipiente y una palidez en la piel a años luz del verano mediterráneo del que sabía que venía. El viento agitó su melena negra y le despejó la frente. La sensación de familiaridad aumentó cuando él levantó la cabeza y la miró con unos ojos marrones como el chocolate.

El nudo de tensión en su espalda se intensificó y le produjo un vuelco en el corazón cuando la peor decisión que había tomado jamás entró de nuevo en su vida.

Benedict del Castillo se estremeció al ver a la joven que estaba de pie en el muelle. La reconoció al instante y algo inesperado, ardiente y feroz, recorrió sus venas.

Hacía más de tres años y medio, en la fiesta de fin de semana donde se habían conocido, él la había conocido sólo como «M». Pero a pesar de ese anonimato virtual, conocía su cuerpo con una profundidad que había compartido con muy pocas. ¿Qué probabilidades había de que estuviera allí?

Ben la miró de la cabeza a los pies y se fijó en su uniforme. La chaqueta y los pantalones estaban diseñados para ocultar más que para revelar, si no le fallaba la memoria, unos atributos que bien merecía la pena revelar.

—Bienvenido al Complejo Parker, señor Del Castillo. Soy Mia Parker. Espero que esté cómodo aquí.

—Cuánta formalidad, M.

Vio el miedo en sus ojos inmediatamente. La reacción le intrigó. Podía entender la frialdad. Tenían un acuerdo de negocios durante un mes entero; no era de extrañar que deseara actuar con profesionalidad. ¿Pero miedo? ¿De qué tenía miedo?

Le tomó la mano y se la llevó a los labios para besarle los nudillos. Sintió el temblor en su cuerpo al tocarla y sonrió cuando le soltó la mano. Ella apartó el brazo inmediatamente y se frotó los nudillos contra aquellos horribles pantalones.

–Creo que encontrará todo a su satisfacción. Mis empleados han trabajado duro para asegurarse de que sus peticiones específicas estén cubiertas.

–¿Y tú, querida? ¿Piensas cubrir mis... –hizo una pausa para crear efecto, incapaz de resistirse a tomarle el pelo– peticiones específicas?

–Obviamente –contestó ella con voz temblorosa–, trabajaré conjuntamente con su entrenador para asegurarme de que su recuperación sea todo lo rápida posible.

Su recuperación. Se sintió asqueado. El recuerdo del accidente de coche lo enfurecía, sobre todo porque iba acompañado del hecho de que eran su estupidez y su propio desafío al destino los que se habían vuelto contra él. Aún le costaba asumirlo. Se tragó los sentimientos que lo atormentaban desde el accidente y se fijó en la evidente incomodidad de M. Un hombre debía encontrar sus distracciones donde pudiera, y en aquel momento Mia Parker parecía muy guapa.

–Obviamente –respondió finalmente–. ¿Y quién es esta señora tan encantadora?

–Oh, lo siento –Mia se sonrojó avergonzada–. Ésta es mi madre, Elsa Parker. Juntas llevamos el Complejo Parker.

–Encantada de conocerle, señor Del Castillo, aunque tendrá que disculpar a mi hija por subestimarse. Ella es la responsable de casi todo lo que hay aquí.

–¿Es eso cierto? –preguntó Ben, le tomó la mano a Elsa y le dedicó el mismo tipo de gentileza anticuada que acababa de mostrarle a su hija.

Mia señaló uno de los dos carritos de golf aparcados junto al muelle.

–Si quiere sentarse, Don les llevará a Andre y a usted al edificio principal. Mi madre y yo les seguiremos con el equipaje.

No iba a librarse de él tan fácilmente.

–De hecho, no está muy lejos, ¿verdad? Después de tantas horas de vuelo, creo que prefiero caminar. Tú puedes irte, Andre –le dijo a su entrenador–. La señorita Parker puede acompañarme al hotel.

–¿Y qué pasa con tus muletas, Ben? Creo que te las has dejado en el barco –dijo Andre.

–Pueden quedarse allí. Cuanto antes aprenda a vivir sin ellas, mejor, por lo que a mí respecta.

–Lo que tú digas, *mon ami*. Creo que estarías más cómodo con ellas por ahora, pero, dado que sólo hace dos semanas que saliste del hospital, insisto en que al menos uses un bastón. Tengo uno plegable aquí, en mi maleta, justo para eso.

Ben puso cara de fastidio cuando Andre le entregó el bastón. Estaba cansado de que lo cuidaran y lo mimaran. Ir allí era su oportunidad para recuperar la fuerza en privado, sin ojos fisgones ni conjeturas de los medios de comunicación sobre sus posibles lesiones a largo plazo. Su familia tenía demasiado dinero y era suficientemente famosa como para haber mantenido su recuperación en secreto si se hubiera quedado en el Mediterráneo, pero allí, al otro lado del mundo, por fin podría tener el aislamiento que necesitaba. El aislamiento que su contrato con el Complejo Parker le había garantizado.

Ya era hora de que su cuerpo recalcitrante recuperase el nivel de forma física al que estaba acostumbrado para poder regresar a sus actividades habituales; a todas sus actividades habituales. Le dirigió una mirada de soslayo a su acompañante reticente y sintió la anticipación recorriendo su cuerpo. Supo entonces por dónde pensaba empezar.

Él había cambiado, pensaba Mia mientras ajustaba su paso para caminar despacio hacia el hotel. Lejos había quedado el hombre afable y seguro de sí mismo que la había dejado sin aliento y la había llevado a su cama el verano antes de que todo su mundo se volviese del revés. Desde luego, seguía siendo seguro de sí mismo, pero había cierta impertinencia en él. Había algo más bajo la superficie de su encanto que no había estado allí antes, y ella recordaba ese «antes» con todo su esplendor.

Aún le vibraba la mano donde la había besado. ¿Por qué no podía haberse conformado con un apretón de manos como los demás? Pero entonces no sería Benedict del Castillo, respondió su alter ego en silencio. No sería el hombre al que había conocido en una fiesta de Nochevieja en un viñedo del valle de Gibbston. El hombre que había llamado su atención al instante y que la había mantenido durante las horas que habían pasado juntos a lo largo de un día glorioso y de dos noches más gloriosas aún, antes de que él tuviese que regresar a su casa.

Un hombre que aún hacía que se le calentase la sangre. No podía permitirse que la afectase de ese modo. Era un huésped en el complejo y debía verlo como tal.

De pronto se le ocurrió una cosa. ¿Cómo diablos iba a arreglárselas cuando llegase la hora de sus sesiones en el spa? Les había dado a sus otros masajistas vacaciones durante la estancia de Del Castillo, pues pensaba hacerse cargo de las sesiones ella misma. Era masajista diplomada y había pensado que encargarse personalmente del tratamiento del señor Del Castillo demostraría su compromiso de mantener su privacidad y comodidad. Pero ahora no podía evitar preguntarse dónde se había metido.

Tocarlo, acariciarlo, dejar que sus manos se reencontraran con su cuerpo. Y qué cuerpo. No le costaba trabajo recordar la textura de su pecho, la manera en que sus pezones marrones se endurecían bajo su lengua. Su sabor.

Ella no era la misma chica que era cuando compartió su cama. Tenía una nueva vida, nuevas responsabilidades. En los últimos tres años había perdido su dinero, había perdido a su padre… y había ganado un hijo. Jasper, tenía que pensar en Jasper. Recordarse a sí misma por qué trabajaba tan duro para hacer que el complejo fuera un éxito.

Pero incluso mientras lo hacía, los recuerdos de aquel encuentro lejano se filtraban por su mente. No le había hecho falta más que verlo para sentir aquella excitación y anticipación de nuevo.

«No vayas por ahí», se dijo a sí misma. Lo que habían compartido quedaba en el pasado. Muy en el pasado. Ella ya no era esa mujer. Era madre, hija, jefa; no la chica alocada que siempre había tenido más dinero para gastar que sentido común para darse cuenta de lo afortunada que era.

Mia comenzó a recitar en silencio un número en su cabeza. La cantidad exacta de dinero que le debía al banco. Pasarían años hasta que pudiera decir que tenía solvencia económica. El acuerdo con Benedict del Castillo, que iba a pagar las tarifas del hotel durante un mes, más un treinta por ciento si cubrían sus necesidades, sería un paso importante en su camino hacia la seguridad económica. No podía permitirse hacer nada que pusiera en peligro ese acuerdo.

¿Pero y si él deseaba seguir donde lo habían dejado? Simplemente no podía permitirse disgustarlo o rechazarlo, y no le sorprendería que quisiera repetir la pasión y la intensidad que habían compartido durante su último encuentro. Incluso tenía que admitir que a ella la idea le resultaba excitante. Hacía mucho tiempo que no tenía una aventura.

No, se dijo a sí misma para librarse de la idea antes de que pudiera florecer y aferrarse a su cabeza. Por tentador que resultara, no era parte de la imagen profesional que mantenía.

Además había en juego algo más que su imagen profesional.

Jasper.

Pensar en su hijo, al que le quedaban tres meses para cumplir tres años, hacía que se diese cuenta de que los sacrificios que había hecho y las decisiones que había tomado eran por una buena causa. Cuidar de él tenía que ser su prioridad. Jasper era algo que había hecho ella sola y que había hecho bien, por primera vez en su vida. Haría cualquier cosa por protegerlo. Cualquier cosa.

Fijó la mirada en el edificio que tenía enfrente e intentó ignorar al hombre que caminaba lentamente a su lado. El hombre que podría darle o quitarle la seguridad.

El hombre que no tenía ni idea de que era el padre de su hijo.

## *Capítulo Dos*

–El baño del spa está por ahí y, si prefiere una ducha, encontrará que tiene múltiples chorros ajustables y un banco construido en la pared.

Un banco.

Benedict cerró los ojos brevemente y se abstuvo de hacer el comentario que se había convertido en su respuesta habitual cuando alguien daba por hecho que estaba enfermo. Que necesitaría sentarse en la ducha.

Se recordó a sí mismo que ella sólo estaba exaltando las características de su establecimiento. No era una de las múltiples exnovias que se habían presentado en su casa para «cuidarlo» nada más salir del hospital; y vender su historia al tabloide que mejor lo pagase.

Finalmente había buscado refugio en el castillo donde su familia había vivido durante trescientos años. Había sido bien recibido por su abuelo y su hermano mayor, y cuidado por la esposa de su hermano, pero incluso allí la preocupación de su familia y de sus criados se había vuelto asfixiante.

Era un superviviente, maldita sea. Durante todas esas horas que había pasado atrapado entre los amasijos de su coche, había luchado contra la oscuridad de la inconsciencia con ese pensamiento. No importaba lo mucho que le doliese, sabía que sobreviviría;

tenía que hacerlo. No había pactos con el diablo para él. En vez de eso, la experiencia le había dado una nueva perspectiva de las cosas. La certeza de que la vida era en efecto algo preciado que no había que dar por hecho; que no había que malgastar el tiempo, porque nadie sabía cuánto quedaba. En la profundidad oscura de aquella noche, también se había dado cuenta de la importancia de su familia, y de que las promesas hechas a la familia habían de cumplirse. Su vida como la conocía había terminado en aquel instante. No volvería a dar por hecho su estilo de vida despreocupado y privilegiado.

Abrió los ojos y contempló la enorme ventana que daba a los jardines del complejo, donde podía verse el sendero que conducía a la orilla del lago. Una nube alargada y gris serpenteaba por entre las montañas que bordeaban Whakatipu. Una mancha en una escena perfecta. El ejemplo perfecto de su vida.

Manchada. Defectuosa.

El resentimiento, su amigo constante desde que los médicos le dijeran que, incluso con la mejor microcirugía disponible, las lesiones le habían dejado estéril, le dejaba un sabor amargo en la boca.

Apartó la vista del paisaje, del recuerdo de que, a pesar de las apariencias, ya no era como los demás hombres. Que no podría darle un heredero a su familia y que, por tanto, no podría romper de una vez por todas la maldición de la vieja institutriz.

El mito había obsesionado a su familia durante años, pero ni Ben ni sus hermanos se lo habían tomado en serio; hasta que su abuelo había caído enfermo. Si el abuelo creía que esa vieja maldición exigía que los tres hermanos se casasen y tuviesen hijos, entonces eso sería lo que harían. O al menos eso era lo que los otros habían hecho.

Su hermano mayor, Alex, estaba felizmente casado y sin duda anunciaría en breve la llegada de un heredero. Incluso Reynald, el hermano mediano, estaba prometido y adoraba a su futura esposa. Su abuelo, la razón por la que habían hecho aquel pacto y sus dos hermanos se habían apresurado a tener relaciones para calmar los miedos del anciano, estaba empezando a relajarse.

Sin embargo, no se había relajado lo suficiente. Las palabras que le había dicho a Ben antes de abandonar Isla Sagrado aún resonaban en su cabeza.

«Ahora depende de ti, Benedict. Eres el último. Sin ti, la maldición no se romperá y la familia Del Castillo dejará de existir».

«Gracias por no meter presión, abuelo», pensó Ben mientras Mia le mostraba cómo funcionaban los aparatos tecnológicos de la habitación. Aunque él no creía en la maldición. ¿Qué importancia tenían en el mundo moderno unas palabras lanzadas por la amante despechada de su antepasado?

Pero no importaba lo que él pensase al respecto, había hecho un pacto con sus hermanos para hacer todo lo necesario por que los últimos años de su abuelo fuesen tan felices como fuese posible. Y su propia incapacidad para cumplir su parte del trato le pesaba en el corazón. El anciano se había ocupado de ellos cuando sus padres murieron en un accidente de esquí y los había educado durante los turbulentos años de adolescencia. Se lo debían. Y no importaba lo que pensara Ben, porque el abuelo creía en la maldición con toda su alma.

Y la promesa de Ben, hecha tan sólo cuatro meses atrás, era algo que ya no podría cumplir jamás.

Aquella rabia tan familiar recorrió sus venas. Rabia mezclada con la frustración al pensar que había sido su propia estupidez la que le había colocado en esa posición. Mientras conducía por la carretera de la costa, había sabido que corría un riesgo, pero, como con todo en su vida, había deseado llevarlo al límite. Por desgracia para él, había superado el límite.

—Así que, si eso es todo, le dejaré que se instale. Por favor, no dude en ponerse en contacto con recepción si hay algo que necesite.

Mia estaba junto a la puerta de su suite. Obviamente había terminado de explicárselo todo, y él se había perdido la gran parte.

—¿Cualquier cosa? —preguntó él arqueando una ceja.

—Trabajamos duro para atender las necesidades específicas de nuestros clientes, señor Del Castillo...

—Llámame Ben —la interrumpió él—. Después de todo, no hace falta ser formal, ¿verdad?

Se acercó a ella y le acarició la mandíbula con un nudillo. Ella apartó la cabeza inmediatamente, pero no antes de que Ben sintiera el cosquilleo eléctrico que subía por su brazo. Oh, sí; Mia Parker era justo lo que necesitaba para ayudar a su recuperación.

—Eso no sería apropiado, señor Del Castillo. Aunque, si necesita compañía, estoy segura de que podrá satisfacer sus necesidades en la ciudad.

—Querida, no recuerdo que antes te preocupara que tu comportamiento pudiera ser considerado apropiado o no —contestó él.

Vio entonces el brillo de rabia en sus ojos verdes antes de responder:

–Eso era entonces. He cambiado.

–La gente no cambia tanto, Mia. No si son sinceros con ellos mismos –dejó que las palabras quedaran suspendidas en el aire durante unos segundos antes de continuar–. Lo que tuvimos fue especial, único. ¿Puedes decirme sinceramente que no deseas revivir ese vínculo de nuevo?

–No, no lo deseo.

Su voz sonaba enfática, pero Ben advirtió el latido delator de su pulso en el cuello, y la súbita dilatación de sus pupilas.

–Ahora, si me disculpa, tengo trabajo que hacer.

Se dio la vuelta y salió de su suite. Por muy atractiva que resultase la nueva Mia, con su fachada distante y fría, deseaba poder ver a la vieja Mia que tanto le había absorbido. No podía estar demasiado oculta bajo la superficie, estaba seguro de ello. Encontrarla sería el verdadero desafío.

Con los nervios a flor de piel, Mia se obligó a alejarse caminando, no corriendo, de la suite de Benedict. Había esperado que fuese lo suficientemente caballero para no sacar a relucir su relación; debería haber sabido que semejante deseo era imposible. No podía negar que hubiese dicho la verdad. Lo que habían compartido había sido único. Pero no importaba lo espectacular que hubiese sido, no estaba dispuesta a lanzar por la borda todo lo que había conseguido sólo para redescubrir el placer que había encontrado en sus brazos. La antigua Mia habría saltado ante la posibilidad de reavivar la llama, pero ella ya no era esa chica. No podía serlo. No volvería a serlo jamás.

El barro tenía por costumbre pegarse, sobre todo el tipo de barro asociado con su antiguo comportamiento, por no mencionar las fechorías financieras de su padre. En los últimos dieciocho meses había sentido que podía empezar a levantar la cabeza en una esfera profesional y ser reconocida por sus logros en el Complejo Parker, y no por sus hazañas en las últimas revistas femeninas. No iba a arriesgar ese respeto por nada, ni por ningún hombre; por muy tentador que fuera.

Para cuando llegó a su despacho, ya casi había logrado controlar los temblores. Cerró la puerta tras ella y se apoyó sobre la madera.

No pondría en peligro por nada la vida que había construido para su familia. Lo que su padre había hecho era el mayor abuso de confianza y de amor que jamás podría haber cometido. Le había costado a ella un gran esfuerzo sacar a su madre de la desesperación. Mia no decepcionaría a Elsa ni a Jasper. No después de todo lo que había conseguido.

Cuando se desencadenó el desastre, mantener el hogar de su familia había sido primordial. Lo había logrado, aunque de una manera muy distinta a lo que habían disfrutado antes. Ahora vivían en lo que antes había sido la casa de invitados. Y los invitados disfrutaban de los lujos que su madre y ella habían dado por hecho que siempre serían suyos. Pero al menos tenían un techo bajo el que dormir, y Mia pensaba asegurarse de que siguiera así.

Había aprendido a vivir deprisa. Primero al enterarse de que estaba embarazada de un hombre cuyo nombre ni siquiera sabía, después cuando su padre había admitido la ruina económica, seguida poco después de su suicidio.

Habían sido unos días oscuros e interminables de pena, acusaciones y confusión. Días en los que las elecciones en su estilo de vida se habían convertido en carnaza para los medios de comunicación. Pero lo había superado. Ella, Mia Parker, la chica de las fiestas, había hecho lo necesario para aferrarse a aquello que le quedaba. Y se aferraría a lo que era suyo.

Benedict del Castillo sólo estaría allí un breve periodo de tiempo. No tenía por qué saber que de su pasión había nacido un niño. Jasper era hijo de ella. No estaba dispuesta a perder a otro miembro de su familia.

Llamaron a la puerta tras ella y el corazón se le aceleró. Tomó aliento, se dio la vuelta y agarró el picaporte antes de que pudiera cambiar de opinión y fingir que no estaba en el despacho. Se había enseñado a sí misma a enfrentarse a sus miedos. Y si Ben de Castillo estaba al otro lado de la puerta, se enfrentaría a él también.

–Espero no molestarla –dijo Andre Silvain con una sonrisa–. Parece ser que el gimnasio está cerrado y me preguntaba si podría mostrarme las instalaciones.

–Por supuesto –respondió ella–. Normalmente les damos a nuestros huéspedes su propia llave para acceder a la piscina y al gimnasio. ¿Por qué no vamos a recepción? Me encargaré de eso ahora mismo.

En cuestión de minutos, Mia había conseguido una llave para Andre y para Benedict y estaba guiando a Andre a través de un pasillo de cristal que conectaba las habitaciones con el gimnasio que había construido junto a la piscina cubierta.

–Dado que durante el próximo mes sólo estarán aquí el señor Del Castillo y usted, el personal del gimnasio y del spa está de vacaciones. Yo misma me encargaré del tratamiento del señor Del Castillo.

–Me parece bien. Como su entrenador, no necesitaré a nadie más en el gimnasio. He programado una serie de actividades para él, comenzando mañana por la mañana con natación y después una suave excursión por la tarde, si se siente con fuerzas –dijo Andre–. Tras la excursión, imagino que necesitará trabajar los músculos. Según creo, estaba muy en forma antes del accidente y, a pesar de sus lesiones, no creo que tarde mucho en recuperar la forma física.

–¿Fueron lesiones severas? –preguntó Mia.

–Sí. Casi todas internas. También se dislocó la rodilla.

–¿Se la dislocó? Eso es raro en un accidente de coche, ¿verdad?

–Por lo que sé, es un milagro que no se rompiera ningún hueso. Fue el asiento del copiloto el que se llevó la peor parte. Sobrevivió gracias a las medidas de seguridad del vehículo. Eso y el hecho de que los servicios de emergencia llegaron a tiempo. Si no lo hubieran encontrado cuando lo hicieron, podría haber perdido la pierna. Una dislocación así puede causar graves daños a los nervios y cortar el riego sanguíneo al pie. Y eso sin tener en cuenta la hemorragia interna de las lesiones.

–Parece haberse recuperado muy bien. ¿Cuánto ha pasado desde el accidente? ¿Seis, siete semanas?

–Probablemente cinco, y sí, es muy testarudo. Comenzamos con su recuperación poco después de que saliese del hospital. Por supuesto, por entonces aún estaba recuperándose de la cirugía abdominal y tenía la rodilla astillada. Es un hombre orgulloso, lo que hace que sea difícil. No le gusta que nadie presencie su dolor. Bueno, todo esto tiene muy buen aspecto –continuó Andre–. No esperaba que sus instalaciones fuesen tan completas, pero estoy impresionado.

–Nuestro objetivo es complacer –dijo Mia con una sonrisa–. Y me gusta creer que, generalmente, lo conseguimos. Gran parte de nuestra clientela viene por recomendaciones, o son clientes habituales. La reserva del señor Del Castillo provocó cierto revuelo, pero por suerte logramos acomodar a todo el mundo. Aunque he de decir que me sorprendió que estuviera dispuesto a viajar hasta aquí. Seguro que podría haber completado su recuperación en casa, o al menos más cerca de su hogar.

–Los medios de comunicación no le dejaban en paz y, como ya he dicho, es un hombre orgulloso. No quería que sus fotos recorrieran la prensa europea. Además, ha dejado muy claro que, cuando regrese a la sociedad de Sagrado, quiere hacerlo en plena forma.

Mia no culpaba a Ben por buscar el anonimato. Tras la muerte de su padre, su historia había salido publicada en todos los medios de comunicación del país. Su madre se había retirado de la vida pública y se había negado a trabajar para los organismos de caridad que antes habían formado parte de su vida. Además había ido cortando poco a poco los vínculos con sus viejas amigas. Mia era la que había tenido que enfrentarse a la opinión pública. No le había gustado en absoluto, pero al menos una de las dos tenía que mantener el aplomo.

Se preguntó si Ben tendría a alguien especial que

estuviera esperándolo en casa. Alguien que apreciara esa plena forma física. Por alguna razón, la idea de que hubiese otra mujer esperándolo le producía una sensación que no quería analizar, porque hacerlo significaría que tenía sentimientos por él. Y no podía permitirse eso. Bajo ninguna circunstancia.

## *Capítulo Tres*

Mia caminaba por su sala de tratamientos bajando las luces y asegurándose de que la temperatura de la habitación fuese agradable. Cuando quedó satisfecha, encendió una vela en el quemador de aceites que utilizaba para impregnar el aire con aromas relajantes. Aunque no sabía si la relajación era más para ella que para Ben. La idea de tener su cuerpo tumbado bajo las manos mientras le daba un masaje era algo en lo que había intentado no pensar en todo el día.

–¿Dónde me pongo?

Mia se dio la vuelta sobresaltada al oír la voz de Ben, que había entrado y se había puesto tras ella sin hacer ruido. Parecía cansado, pensó mientras lo miraba directamente a los ojos por primera vez desde el día anterior, y había ciertas líneas de tensión alrededor de sus ojos y de su boca.

Obviamente no estaba de humor para charlar.

–Por favor, quítese la ropa y túmbese boca abajo sobre la mesa con la sábana hasta la cintura. Puede dejarse los calzoncillos. Le dejaré para que se ponga cómodo y volveré en unos minutos.

Sin darle oportunidad de responder, salió de la habitación y cerró la puerta tras ella. En cuanto hubo una barrera sólida entre ellos, Mia se llevó una mano al cuello y tomó aliento. Podía hacerlo. Claro que podía hacerlo, y sin permitir que afectara a su equilibrio. Mantendría su imagen profesional en todo momento.

Tras esperar lo que ella consideraba tiempo suficiente para que se desnudara y se tumbara en la mesa, llamó suavemente a la puerta y entró. Deslizó la mirada por sus hombros y su espalda. Se había subido la sábana de manera irregular, así que se tomó unos segundos para colocársela antes de enfrentarse al momento de la verdad y tener que tocarlo.

–¿Se ha dado antes un masaje de aromaterapia? –preguntó mientras colocaba su mano izquierda firmemente sobre la base de su cráneo, al tiempo que presionaba con la derecha sobre la parte superior de su espalda. Repitió el movimiento y la presión en segmentos hacia la región lumbar. Su piel estaba suave y caliente. Le resultaba dolorosamente familiar, y al mismo tiempo desconocida.

–No el tipo de masaje que estás pensando –contestó Ben.

Mia intentó ocultar su sonrisa. Recibía ese tipo de comentario con frecuencia entre los huéspedes que usaban el spa.

–Entonces relájese. Creo que le gustará.

–Estás tocándome, ¿no? Claro que me gustará.

Había cierto tono en su voz, y sin más su mente se llenó de imágenes, de ellos tocándose mutuamente. Mia negó con la cabeza para sacarse las imágenes de la mente.

Aflojó la presión que había ejercido sobre su cuello y utilizó las yemas de los dedos para presionar puntos individuales. Bajo los dedos notaba la tensión de los músculos del cuello relajándose. Deslizó las manos por su pelo oscuro antes de apartarse por completo.

–¿Ya está? –preguntó él.

–Eso es sólo el principio. Relájese, señor Del Castillo. Intente concentrarse en su respiración y deje libre su mente.

–Ben. Te he dicho que me llames Ben.

–De acuerdo –contestó ella con un suspiro–. Ben.

Se apartó momentáneamente de la mesa para aplicarse aceite de masaje en la palma y luego lo calentó en sus manos antes de aplicarlo sobre su espalda. Inmediatamente comenzó con los movimientos. Poco a poco fue notando cómo su cuerpo respondía.

Mia deslizó las manos por su espalda hasta llegar a los hombros, recordando la primera vez que había sentido su fuerza bajo las manos. A pesar de las lesiones del accidente, aún tenía unos músculos bien definidos. Seguía teniendo unos hombros anchos y fuertes; los músculos que iban de su cuello a los hombros eran definidos, pero no exagerados. Deslizó la mano por un brazo y fue aplicando puntos de presión por la parte interna del codo y de la muñeca antes de hacer lo mismo en el otro lado.

De hecho le sorprendía no haber visto ninguna cicatriz en su cuerpo. Hasta el momento sólo había visto el tatuaje que llevaba en la parte de atrás del hombro derecho; el mismo tatuaje que había recorrido con su lengua la última vez que lo había tenido tumbado ante ella.

Sus músculos se tensaron y un torrente de calor recorrió su cuerpo. Siempre mantenía sus salas de tratamientos con una temperatura cálida, pero el calor que salía de su cuerpo en aquel momento no tenía nada que ver con la calefacción central. Un temblor provocado por el deseo se apoderó de sus manos.

«Concéntrate en el trabajo», se dijo a sí misma. En

el trabajo y no en el hombre, y desde luego no en el pasado.

Pero su concentración se vio alterada cuando terminó con la parte superior y tuvo que mover la sábana para dejar al descubierto sus piernas. Le trabajó los pies y las pantorrillas durante más tiempo del habitual para evitar el momento de deslizar las manos por sus muslos, casi hasta las nalgas. De alguna manera logró contenerse, regular la respiración y no arder por dentro.

Le distrajo por un momento su rodilla, y tuvo especial cuidado con el punto donde estaba la lesión; la hinchazón y un ligero hematoma le recordaban la severidad del accidente. Pensar que podría haber perdido la pierna si hubiera perdido la circulación hasta el pie. No podía imaginar lo devastador que habría sido eso para él. Un recuerdo constante del accidente.

A pesar de lo que Andre le había dicho sobre las lesiones, Ben parecía haber salido relativamente ileso, pensó hasta que le pidió que se diera la vuelta mientras ella sujetaba la sábana a una distancia prudencial de su cuerpo. Al colocarle la sábana por debajo de la cintura, tuvo que hacer un esfuerzo por no quedarse con la boca abierta tras ver las cicatrices que serpenteaban por su abdomen hasta desaparecer bajo la tela.

–¿Qué te ocurrió? –preguntó sin poder evitarlo.

Ben abrió los ojos, estiró los brazos y subió la sábana hasta cubrirse las cicatrices.

–Pertenece al pasado. No quiero hablar de ello.

–Lo siento. No pretendía husmear. ¿Quieres que continúe con el masaje o aún te duele la zona abdominal?

–Mantente por encima de la sábana. Te lo haré saber si quiero que pares.

Cerró los ojos de nuevo y ella se quedó observándolo durante un instante antes de aplicarse más aceite en las manos y colocarse a la cabeza de la mesa. Tomó aliento y comenzó de nuevo, intentando no pensar en el daño que había sufrido. Aunque algunas de las cicatrices eran claramente quirúrgicas, otras parecían como si hubiese sido destrozado por un animal salvaje.

Para cuando estaba a punto de acabar con el masaje, estaba hecha un manojo de nervios. Normalmente un masaje corporal completo la dejaba agotada tanto física como mentalmente. Pero, por alguna razón, tocar a Benedict y trabajar sus músculos le había dado energía. En vez de tomarse su habitual taza de té de hierbas revitalizantes, deseaba nadar para deshacerse de aquella vitalidad que le corría por las venas.

Mia se concentró en los movimientos circulares de sus dedos alrededor de sus tobillos y finalmente dio la sesión por acabada al colocar las manos en las plantas de sus pies.

—Ya hemos terminado por hoy —dijo suavemente—. Si necesitas unos minutos para recomponer tus pensamientos antes de volver a tu suite, tómate tu tiempo. Yo iré a por un vaso de agua para que te lo tomes antes de irte. Sigue bebiendo mucha agua durante el resto del día; te ayudará a eliminar las toxinas liberadas por el masaje. ¿Hay algo más que quieras de mí?

Ben se incorporó, sacó las piernas por un lado de la mesa y la sábana se deslizó más debajo de su cintura, lo que dejó ver la marca definida de los huesos a cada lado del comienzo de las caderas. Mia apartó la mirada inmediatamente.

—Antes de que te vayas, hay una pequeña cosa más —dijo.

Antes de que Mia pudiera preguntar de qué se trataba, Ben le agarró una mano y tiró de ella hasta colocarla entre sus piernas. Le colocó la otra mano en la nuca y le soltó el pelo.

Se movió con tanta rapidez que Mia apenas tuvo tiempo de darse cuenta de lo que ocurría, hasta que Ben se inclinó hacia delante y la besó.

Ben no sabía qué le había llevado a besarla, pero nada más rozar sus labios supo que había hecho lo correcto. Yacer en la mesa mientras ella le masajeaba y eliminaba la tensión de su cuerpo había sido el tipo de placer-dolor que jamás había imaginado que toleraría en su vida.

Pero bajo sus dedos había sentido el deseo; un deseo que exigía ser reconocido y tenido en cuenta. Desde que descubriera su infertilidad, se había preguntado si alguna vez desearía volver a hacer el amor. Desde luego, el dolor de la rehabilitación le había quitado el sexo de la cabeza.

Sin embargo allí era distinto. Aunque tal vez nunca pudiera engendrar al hijo o a la hija que siempre había deseado, al menos podría recuperar su masculinidad, ¿y con quién mejor que con la mujer que había habitado su memoria durante más de tres años? Una mujer que hacía que las demás palidecieran en comparación.

Bajo sus caricias notó su resistencia, la rigidez con la que se estiraba y la reticencia a separar los labios. Acarició la comisura de sus labios con la punta de la lengua y luego le mordisqueó suavemente el labio inferior. Ella acabó rindiéndose con un gemido que le salió de la garganta; tangible en el modo en que su cuerpo se relajó. Ben experimentó el triunfo cuando ella abrió la boca, lo que le dio acceso a aquel sabor dulce y a la pasión que había estado ocultándole desde su llegada.

Sí, aquello era lo que necesitaba. La respuesta apasionada de una mujer tan sensibilizada con sus necesidades como él por las suyas. Deslizó ambas manos por su cintura y tiró de ella antes de meter las manos bajo la camiseta que llevaba y deslizarlas por su vientre plano y suave hasta llegar a sus pechos.

Tenía los pezones erectos bajo el algodón del sujetador, y se estremeció al sentir sus manos. Pero Ben no deseaba barreras entre ellos. Deseaba sentirla. Deslizó una mano hacia su espalda y le desabrochó el sujetador. El tejido de su camiseta era demasiado ajustado, así que se la levantó al tiempo que le levantaba el sujetador hasta dejar al descubierto sus pechos sonrosados. Los masajeó suavemente antes de abandonar su boca y colocar los labios sobre uno de sus pezones para estimularlo con la lengua.

Mia presionó su cuerpo contra sus caderas y lo agarró con fuerza por los hombros mientras echaba la cabeza hacia atrás y arqueaba los pechos para suplicarle que siguiera. Ben no pensaba decepcionarla. Su cuerpo siguió acelerándose, respondiendo a su deseo. Dejó caer las manos hasta la cintura de sus pantalones, le desabrochó el botón antes de bajarle la cremallera y entonces todo cambió.

Ella se tensó entre sus brazos, le agarró la mano y lo detuvo.

—No —dijo.

Él volvió a besarla y deslizó la lengua por sus labios.

–Sí.

–No podemos –insistió ella mientras se apartaba–. No puedo.

Ben bajó las manos y vio cómo volvía a abrocharse el sujetador y se bajaba la camiseta. En la penumbra de la habitación, sus ojos estaban en sombra, pero podía ver la humedad que se acumulaba en ellos y que amenazaba con derramarse.

–Mia –dijo intentando alcanzarla.

–¡No! No me toques. Por favor, vete –contestó ella con voz rota.

–No te he forzado, Mia. No tienes que actuar como una virgen escandalizada cuando ambos sabemos que eso no podría estar más lejos de la verdad.

Se sentía frustrado y avergonzado por la dureza de sus palabras. No era su intención que sonara así. No quería hacerla llorar.

Una lágrima solitaria se deslizó por su mejilla y ella se la secó con una mano temblorosa.

–No debería haber permitido que llegara tan lejos. Lo siento. Ha sido muy poco profesional por mi parte –se dio la vuelta, agarró un albornoz de detrás de la puerta y se lo lanzó–. Por favor, ponte esto. Me aseguraré de que laven tu ropa y la envíen a tu habitación por la mañana.

Ben aceptó el albornoz y se lo puso. No estaba dispuesto a dejarle fingir que no había pasado nada. No cuando ese abrazo demasiado breve le había hecho sentir más vivo que cualquier otra cosa desde el accidente.

–Lo nuestro no ha acabado –le dijo mientras abría la puerta y salía al vestíbulo del spa.

–¿Acabado? Nunca comenzó. No soy la persona que crees que soy.

–Sólo sé una cosa –dijo él–. Me deseas tanto como yo te deseo a ti, y nos encargaremos de llegar hasta el final.

Se anudó el albornoz a la cintura y se alejó con una tensión que rivalizaba con la dura verdad, pues el deseo que acababa de empezar a florecer en su interior había vuelto a desaparecer.

Trató de controlar la irritación que sentía y llegó a una nueva conclusión. Derribaría las barreras de la resistencia de Mia una a una. Y disfrutaría a cada minuto.

# *Capítulo Cuatro*

Mia se dejó caer sobre la mesa cuando Ben salió por la puerta. Era demasiado pedir mantenerse fuerte y controlada. Si no le hubiera hecho caso, si no hubiera parado cuando ella se lo había pedido, no le cabía duda de que estaría haciendo el amor con él en ese momento.

¡Era tan débil! Sólo llevaba allí un día. ¡Uno! Y aun así, sólo una caricia, un beso suyo, eso era lo único que había hecho falta para convertirla en una criatura deseosa. La tenía prisionera en todos los sentidos y aparentemente ella estaba indefensa ante su ataque.

Incluso en aquel momento, después de que se hubiera marchado, su cuerpo seguía vibrando de deseo por sus caricias, sentía los pezones aún erectos bajo el suave tejido del sujetador. Su sabor permanecía en su lengua. Hundió las manos en la sábana de la mesa y tomó aliento.

Tenía que ser fuerte. Recuperar el control que había logrado en los últimos tres años. Recordar qué era lo más importante. Puso el piloto automático, quitó la sábana de la mesa y volvió a colocarla para dejarla preparada para el día siguiente. Preparada para Ben. Cada día tendría que pasar por lo mismo. Bueno, tendría que afrontarlo como una persona adulta, se dijo a sí misma con firmeza. Y encontrar algo particularmente desagradable en lo que pensar mientras lo hacía para que él no pudiera acorralarla como lo había hecho aquel día.

Alcanzó la ropa que Ben había dejado en una silla y la recogió. El aroma cítrico de su aftershave llegó hasta ella y la golpeó con la sutileza de un mazo. Tenía la sensación de que afrontarlo como una persona adulta no iba a servirle en esa ocasión.

Mia metió la ropa en una bolsa y la dejó a un lado para que se encargara de ella el servicio de lavandería durante la noche. Después terminó de ordenar la habitación. Se estaba haciendo tarde y, si no se daba prisa, no llegaría a tiempo de bañar a Jasper y leerle un cuento antes de acostarse. Era un tiempo muy valioso que pasaban juntos; solos madre e hijo. Estaba deseando darle un abrazo.

Más tarde aquella noche, después de que Jasper se hubiera ido a la cama y de que Elsa, la madre de Mia, hubiera regresado a su apartamento privado en la parte trasera de lo que había sido la casa de invitados, Mia encendió su ordenador personal y buscó a Benedict del Castillo en Internet. Muchos de los resultados que aparecieron en la lista de su pantalla estaban en español; un idioma que siempre le había gustado escuchar, pero del que no comprendía una sola palabra.

Estudió la lista en busca de algo que tuviera una traducción inglesa y, por suerte, encontró varios resultados. Casi todos vínculos de tabloides a fotos de Ben con diversas mujeres hermosas colgadas de su brazo en varios eventos sociales. Entonces encontró lo que estaba buscando. Los detalles de su accidente.

Al parecer, iba a toda velocidad por la carretera de la costa hacia su casa cuando, por alguna razón, su coche dio un patinazo. Se conjeturaba que podría haber girado para esquivar algo en la carretera y que, cuando los neumáticos traseros pasaron sobre la gravilla suelta, no logró recuperar el control. En cualquier caso, fue a la mañana siguiente cuando uno de los trabajadores de su viñedo vio las marcas en la carretera e investigó qué había sucedido.

Los equipos de rescate hablaban de su supervivencia como de un milagro. Un grupo de árboles situados al borde de la colina habían evitado que el coche cayera hasta las rocas y después al mar. Sin embargo, esos mismos árboles también habían provocado daños cuando una de sus ramas penetró en el vehículo y lo dejó literalmente atrapado entre los restos.

Mia se recostó en su silla. No era de extrañar que la cicatriz de su abdomen fuese tan irregular. Y tampoco era de extrañar que, si había sobrevivido a todo eso, su conducta fuese muy distinta a la del dios del sexo que había conocido hacía más de tres años. Una experiencia así cambiaba a una persona irrevocablemente. Ella misma lo sabía. Aunque el daño a su vida no había sido físico, el coste emocional había sido enorme.

Podía comprender un poco mejor las complejidades de Benedict del Castillo. Pero tras apagar el ordenador y prepararse para irse a dormir, se recordó a sí misma que comprenderlo no hacía que resultase más fácil resistirse a él. Sólo le quedaba la esperanza de mantenerse fuerte.

Durmió sorprendentemente bien y sin soñar, y sólo se despertó con los llantos provenientes del dormitorio de Jasper. Se levantó de la cama y corrió a su habitación.

Al examinar a su hijo, se preocupó. Tenía la frente caliente y la voz ronca al intentar hablar. Lo tomó en brazos y lo llevó al baño. Tras mojar la punta de una toalla con agua fría, le frotó la cara al niño. Cuando se hubo calmado un poco, le dio un vaso de agua, pero al intentar tragar volvió a echarse a llorar. Sacó del armario de las medicinas el analgésico infantil que guardaba allí y utilizó un pequeño cuentagotas para ayudarle a tragar el líquido.

En momentos como ése se sentía increíblemente sola. Se preguntaba cómo sería poder compartir las preocupaciones con alguien a su lado. Mia intentó meter a Jasper de nuevo en su cama, pero éste se negaba.

—La cama de mami —dijo entre lágrimas.

—Pero sólo esta noche —susurró ella—. Y no se lo digas a la abuela, ¿de acuerdo?

Su madre insistía mucho en que los niños debían dormir en sus camas, pero a veces las reglas estaban hechas para romperlas.

—De acuerdo —contestó Jasper con una sonrisa cómplice.

Mia se sintió aliviada al ver que el analgésico le había quitado el dolor, pero sabía que, cuando se le pasara el efecto, se pondría peor. Dejó la botella y el cuentagotas junto a la cama. Al menos así, si se despertaba en mitad de la noche, podría darle más sin necesidad de moverse.

La mañana llegó con un niño infeliz y un cansancio en ella debido a las múltiples veces que había tenido que calmarlo durante la noche. En momentos como ése Mia echaba de menos vivir en la ciudad, como vivía cuando era libre como el viento. En Queenstown podría haber llevado a Jasper a urgencias durante la noche y ya habría recibido atención médica. De ese modo, sin embargo, tendría que confiar en su madre para que llevase al niño a su médico de cabecera.

En un mundo ideal podría llevarlo ella misma, pero tenía una reunión de personal esa mañana y una conferencia telefónica programada con su director bancario justo antes del mediodía. Se recordó a sí misma que no era distinta del resto de madres trabajadoras. Las mujeres de todo el mundo se enfrentaban a decisiones duras sobre el cuidado de sus hijos cada día. Pero recordar eso no fue ningún consuelo cuando su madre llegó a desayunar con ellos y se acercó el momento de que Mia tuviera que dejar a su hijo enfermo al cuidado de otra persona.

Elsa aceptó llevar a Jasper al médico aquella mañana, llamó al consultorio y le dijo a Don a qué hora necesitarían el barco, mientras Mia se vestía para trabajar.

–Ya está, todo arreglado. Probablemente sea un resfriado. ¿Sabes? En mis tiempos no salíamos corriendo al médico por algo así, como hacéis las madres jóvenes de hoy en día –dijo Elsa con una sonrisa.

–Lo sé, mamá, pero anoche tenía fiebre. Me gustaría que lo examinara –respondió Mia.

–Claro que sí. Y tú te pondrás bien enseguida, ¿verdad, Jasper? –Elsa le revolvió el pelo a su nieto con cariño y lo sentó en su regazo para darle un abrazo–. ¿Qué tal te va con el nuevo huésped? ¿Se instaló bien?

–Eso parece. No he tenido mucho contacto con él todavía.

Mia sintió que se le sonrojaban las mejillas por mentir a su madre.

–¿Cómo es? –preguntó su madre–. Me dio la impresión de que ya os conocíais.

–Nos vimos una vez, hace años. Además, ya viste cómo es. Alto, moreno, guapo.

–¿Soltero?

–¡Mamá!

–Bueno, no tiene nada de malo preguntar. Entonces imagino que no estás interesada en él –respondió Elsa con una ceja arqueada–. Ya es hora de que empieces a tener citas de nuevo. Ya has cargado con tu penitencia suficiente tiempo.

El comentario sobre la penitencia le dolió. Mia había hecho todo lo posible por expiar sus defectos. Si hubiera sido una hija mejor, tal vez se hubiera dado cuenta de las preocupaciones financieras de su padre antes de que fuera demasiado tarde. Podría haber prescindido de su estilo de vida extravagante si hubiera tenido idea del precio que iba a pagar por ello.

–Cuando me sienta preparada para volver a tener citas, si es que eso sucede, lo haré –respondió.

–No es necesario ofenderse, Mia –Elsa le estrechó la mano a través de la mesa–. Sé lo duro que has trabajado y lo aprecio. Nada de eso fue culpa tuya, lo sabes.

–Mamá…

–No, tienes que escucharme. Has sido una roca desde que murió tu padre, y ya es hora de que yo te ayude un poco más. Has tenido más responsabilidades sobre tus hombros de las que mereces. Sé que me llamas tu ama de llaves, pero no creas que soy tan tonta o egoísta como para no darme cuenta de que no te he sido de gran ayuda. Cariño, ahora estoy preparada. Me has dado tiempo para llorar y te lo agradezco, aunque sé que ha debido de ser muy duro para ti estar sola. Ahora quiero hacer mi parte.

Mia sintió las lágrimas en sus ojos al oír las palabras de su madre. Sabía de primera mano lo devastada y traicionada que se había sentido Elsa cuando habían salido todos los trapos sucios. Había sido una lección dura para todos.

—Mamá, me ayudas más de lo que crees al estar aquí para cuidar de Jasper.

—Sí, pero él no va a necesitarme siempre. Antes de que te des cuenta, tendrá cinco años y entrará en la escuela. Yo tengo que volver a subirme al caballo, por así decirlo. Ya es hora de que oriente mi cabeza hacia cosas que no sean lo que hemos perdido.

—Gracias, mamá. Vamos a ir paso a paso; veamos si te gusta lo que hacemos aquí.

Elsa se rió.

—Me guste o no, vivimos de eso. Aprenderé a que me guste; espera y verás.

El móvil de Mia comenzó a sonar en el bolsillo de su pantalón.

—Es la alarma. Será mejor que me vaya al despacho.

Se agachó y le dio un beso a Jasper, que comenzó a llorar de nuevo. Insistió en que le diera un largo abrazo antes de volver con su abuela. Mia abandonó la casa con el ceño fruncido y se dirigió al hotel. Esperaba que el niño se portara bien con su madre, y sobre todo esperaba que todo fuese bien en el médico. Con Benedict del Castillo en el hotel, no podía permitirse estar desconcentrada ni por un único pensamiento.

\*\*\*

Desde su ventana, Ben contemplaba el lago. El agua estaba gris, reflejo de las nubes oscuras que se agolpaban en el cielo y que distaba tanto del recuerdo del verano que pasó en Nueva Zelanda. Un movimiento en el camino llamó su atención, e inmediatamente identificó a Mia, que caminaba hacia el hotel desde su casa. Esperaba que hubiera tenido una noche tan inquieta como él. Lejos de relajarlo, su masaje le había dejado alterado y con la sangre ardiéndole en las venas.

Había sido mucho más que un masaje. Había despertado su cuerpo de un letargo del que se preguntaba si despertaría algún día. Estaba ansioso por ver si podría hacerlo de nuevo, sólo que en esa ocasión no habría vuelta atrás. Sonrió. Era agradable sentirse vivo de nuevo; tener un propósito. Se apartó de la ventana y salió de su suite decidido a interceptarla antes de que pudiera esconderse en su despacho o en cualquier otro lugar de la propiedad.

Mia estaba a punto de entrar cuando la alcanzó. Tenía ojeras y las mejillas sonrosadas por el viento.

—Señor Del Castillo —dijo nada más verlo en su camino—. Buenos días.

—Quedamos en que me llamarías Ben —le recordó él con una sonrisa.

—¿Qué puedo hacer por ti, Ben?

—Cenar esta noche.

—No suelo cenar con nuestros huéspedes.

—No me digas que piensas relegarnos a Andre y a mí al esplendor solitario del comedor del hotel durante toda nuestra estancia.

–Pediste exclusividad –dijo ella con frialdad–. Puedo organizar la cena en una sala más pequeña si lo prefieres.

–Eso no será necesario si te unes a nosotros de vez en cuando para romper la monotonía.

–¿Ya te has cansado de la compañía de Andre? Creo que no le gustará oír eso.

Ben sonrió.

–No creo, pero los dos apreciaremos tu compañía esta noche durante la cena. ¿Digamos a las ocho?

Ben podía ver cómo le daba vueltas a la idea en su cabeza.

–Lo siento, esta noche no es una buena noche para mí –Mia hizo una pausa y miró su reloj–. Tendrás que disculparme, iba de camino a una reunión.

Se dispuso a pasar frente a él, pero Ben estiró la mano y la agarró del brazo. Nada más tocarla, se puso rígida.

–Podrás decirme que has cambiado de opinión cuando vaya al masaje más tarde –dijo él mirándola a los ojos.

La soltó y dio un paso atrás.

–Sobre el masaje…

–Es diario, como acordamos, ¿recuerdas?

–Sí, lo recuerdo. Te veré entonces a las cuatro.

–Así es –respondió él, y la vio marchar.

Su reticencia a retomar su aventura le resultaba desafiante. No había visto anillo en su dedo, así que, en su opinión, eso le dejaba el campo libre. Cualquier hombre que fuera tan tonto como para perderla de vista más de un día merecía perderla frente a un hombre más merecedor, y eso lo incluía a él. Debería haber prolongado su última estancia en Nueva Zelanda hasta que Mia y él se hubieran vuelto locos. Si lo hubiera hecho, tal vez no la desearía tanto en la actualidad. Pero entonces no disfrutaría tanto con la idea de romper la armadura con la que se protegía.

Ben regresó a su habitación para prepararse para las actividades del día. Tras una sesión de gimnasio supervisada, Andre y él irían a Queenstown a hacer parapente en tándem; su entrenador había vetado la idea de hacer puenting en el cañón Skipper, alegando que su rodilla aún no estaba curada. Entre el parapente y su cita con Mia esa tarde, no sabía de qué tenía más ganas.

# *Capítulo Cinco*

Mia aplicó largas pasadas a la espalda de Benedict y se obligó a separar su mente del hombre y a pensar en él sólo como un cuerpo tendido que necesitaba un masaje. Funcionó. Hasta cierto punto. Por desgracia, aunque podía separar la mente de la acción, su cuerpo parecía tener ideas propias.

Intentó relajarse con los movimientos y dejar que sus pensamientos deambularan hacia otras cosas. Cosas como la reunión de personal esa mañana, donde algunos empleados habían expresado cierto aburrimiento en la actividad del día a día ahora que el hotel sólo albergaba a dos huéspedes. Mia negó con la cabeza. Una habría pensado que se alegrarían del descanso. Las cosas volverían a animarse sin duda cuando Benedict y su entrenador se hubieran ido.

Veintisiete días más. Le parecía toda una vida.

En un intento por aliviar la frustración del personal, había trabajado con ellos para alterar sus tareas, darles más tiempo libre y turnos más cortos en el Complejo Parker. Por supuesto, aquello sólo servía para recordarle que, aunque tuviese al personal mínimo todo el tiempo, habría menos amortiguadores entre Ben y ella durante el resto de su estancia.

Suspiró y concentró la energía en los nudos de la espalda de Ben mientras intentaba ignorar los dolores crecientes en la suya propia.

Dirigir el hotel, por pequeño y selecto que fuera, era mucho más difícil de lo que había anticipado. Algunos días llegaban a ser muy duros, y aquél iba camino de serlo. Ni siquiera la conversación con el director del banco había sido prometedora. Él simplemente quería advertirle que había que renovar el préstamo a plazo fijo que había negociado originariamente. Tenía la opción de volver a fijarlo o dejar que los intereses fluctuaran con el mercado. En momentos como ése, Mia echaba de menos tener un compañero con el que compartir las decisiones importantes.

Y por encima de todo estaban sus responsabilidades para con Jasper. ¿Cómo diablos podría ser una buena madre cuando podía pensar casi exclusivamente en el trabajo? Aquel día había sufrido mucho al tener que dejarlo con su madre. Lo había dejado lloroso y febril, y ni siquiera la llamada de su madre al volver del médico para decirle que sólo era una ligera infección de garganta había servido para calmarla.

Debería haber sido ella la que llevase a Jasper al médico. Se lo debía a su hijo. Había ido a casa tras su conversación con el director del banco para verlo, pero el niño estaba dormido y su madre se encontraba limpiando el apartamento.

Mia se había quedado en la puerta de Jasper y lo había visto dormir, agarrado a su osito de peluche y con el rastro seco de las lágrimas en las mejillas. A ella no le había costado disimular sus propias lágrimas, pero el dolor en el pecho la había acompañado toda la tarde.

Centró su atención en las piernas de Benedict antes de pedirle que se diese la vuelta.

—¿Va todo bien? —preguntó él.

—Claro que sí —respondió ella con un ligero respingo—. ¿Por qué lo preguntas?

—No dejas de suspirar.

—Estoy bien. Es que tengo muchas cosas en la cabeza.

—¿Quieres compartir alguna? Creo que eso ayuda.

—No, estoy bien. Ahora sigamos trabajando, ¿de acuerdo?

Para su tranquilidad, Ben cerró los ojos de nuevo y ella sintió que su cuerpo se relajaba en la mesa mientras proseguía con el masaje. Estaba a punto de terminar cuando los llantos de un niño atravesaron las paredes de la sala.

Se puso rígida al instante. Oh, no. Por favor, no. Jasper no podía entrar al spa. No podría hacerse cargo de eso. Debería haberle dicho a su madre que mantuviera al niño alejado del hotel, pero no le había parecido necesario.

—¡Quiero a mi mamá!

El grito de angustia se le clavó en el corazón y lo partió en dos. Mia colocó las manos en las plantas de los pies de Ben, como había hecho el día anterior, para señalar el final de la sesión.

—Iré a por tu agua —le dijo—, y volveré en un minuto.

Salió de la sala antes de que él pudiera responder. Antes de que pudiera preguntarle por los gritos del vestíbulo.

—Lo siento mucho, Mia —dijo Elsa—, pero estaba muy alterado. Nada podía calmarlo hasta que le dije que lo traería a verte.

Mia estiró los brazos y abrazó al niño con fuerza.

–No pasa nada, mamá –susurró por encima de la cabeza de Jasper–. Sé que no habrías venido aquí a no ser que fuese estrictamente necesario.

Jasper estiró la mano por su cuello y comenzó a jugar con la coleta en la que se había recogido el pelo aquel día. Cada vez que estaba alterado, parecía calmarle jugar con su pelo. Poco después ya había dejado de gimotear, pero cuando intentó devolvérselo a su abuela, volvió a empezar.

Mia miró nerviosa hacia la puerta de la sala de tratamientos.

–Mamá, tengo al señor Del Castillo ahí dentro. Ya he terminado con el masaje, pero tengo que darle un vaso de agua y tenemos que sacar a Jasper de aquí.

–El hombre lo comprenderá. Al fin y al cabo eres madre –dijo Elsa–. Yo iré a por el agua.

–No es eso –dijo Mia, y de pronto deseó haber compartido antes con su madre la verdad sobre el padre de Jasper–. Por favor, mamá, llévatelo. Sé que se disgustará, pero intentaré compensárselo más tarde. Estaré en casa en unos veinte minutos. Sólo dame algo de tiempo para despachar a Ben y recoger.

–¿Ben? –su madre arqueó una ceja y se dispuso a llevarse a Jasper, que negó con la cabeza y se aferró con fuerza a Mia.

–Él insistió en que le tutease –explicó Mia–. Ahora, por favor, llévate a Jasper.

Pero Jasper no estaba de humor para cooperar y comenzó a llorar cuando Elsa intentó apartarlo de su madre. Mia estaba a punto de echarse a llorar también cuando una voz tras ella le produjo un escalofrío en la espalda.

–¿Va todo bien? –preguntó Ben.

Era su peor pesadilla hecha realidad. Se dio la vuelta, con Jasper en brazos, con una mano en su nuca para mantener su rostro oculto de la atenta mirada de su padre. Ben estaba de pie en la puerta. Se había vestido durante el tiempo que ella había estado fuera.

–Lo siento. Mi hijo no está bien.

–Y quiere a su madre. Es comprensible.

Al oír la voz de Ben, Jasper levantó la cabeza y se zafó del brazo de su madre. En ese momento, todos los miedos de Mia durante los últimos dos días se convirtieron en un nudo de presión en el pecho. Intentó recolocar al niño, pero él estaba decidido a ver quién era el recién llegado.

–¿Quién es ése? –preguntó Jasper señalando a Ben.

–Es de mala educación señalar, Jasper –dijo Mia.

Ben dio un paso hacia ellos y le dirigió una sonrisa a Jasper.

–Soy Ben –dijo suavemente.

La curiosidad de Jasper se transformó en timidez instantánea cuando el objeto de su atención le respondió, y volvió a esconder la cabeza en el hombro de Mia. Ella intentó disimular su sorpresa ante el tono de voz de Ben, pero al parecer toda su amabilidad iba dedicada al niño que tenía en brazos, porque la mirada que le dirigió al segundo siguiente era cualquier cosa menos cálida.

–Señor Del Castillo, espero que esté disfrutando de su estancia en el Complejo Parker –dijo Elsa, que había notado que algo raro pasaba–. Siento mucho que hayamos tenido que interrumpirlo hoy.

–No es nada –dijo él, pero Mia advirtió que no dejaba de mirar a Jasper ni un momento.

Todos sus músculos se tensaron, y debió de trasladarle esa tensión a Jasper, que empezó a retorcerse y a estirar los brazos hacia Elsa.

–Quiero ir con la abuela –dijo.

Con un suspiro de alivio, Mia se lo dio a su madre.

–Ha sido un placer volver a verle, señor Del Castillo –dijo Elsa–. Tal vez quiera comer alguna vez con nosotros mientras está aquí. Estoy segura de que no querrá estar solo todo el tiempo.

Mia se maldijo a sí misma de nuevo por no haber advertido antes a su madre de la situación.

–Me encantaría, pero por favor, llámeme Ben.

–Sólo si usted me llama Elsa –respondió su madre coqueteando.

–Mamá, creo que Jasper debe volver a casa.

–Por supuesto –contestó Elsa sonriente–. Te veremos luego. Dile adiós a mami.

–Adiós, mami.

Jasper se apartó de su abuela lo suficiente para plantarle un beso en la mejilla a Mia. Ella le dio otro beso y sonrió.

–Te veré a la hora del baño, cariño.

Cuando Elsa y Jasper se hubieron ido, Mia se acercó a un armario situado en la pared y sacó un vaso antes de llenarlo con la enfriadora de agua que tenía junto al mostrador de recepción.

–Toma, necesitarás esto.

Los dedos de Ben rozaron los suyos cuando le entregó el vaso.

–De hecho, creo que necesitaría algo más fuerte.

–Yo no lo haría, si fuera tú. Ahora mismo has de concentrarte en eliminar las toxinas de tu cuerpo –dijo ella, que había malinterpretado adrede su comentario.

\*\*\*

Ben la siguió de vuelta a la sala de tratamientos, donde ella se entretuvo ordenándolo todo. No podía dejar de pensar en lo que acababa de presenciar, y sentía un profundo dolor en el pecho que no era capaz de definir.

Un hijo. Mia Parker tenía un hijo. Un hijo que debía de tener unos tres años, dado su tamaño y su vocabulario, aunque no era un experto en niños. Pero, si tenía razón, y creía que la tenía, Jasper debía de haber sido concebido en torno a la fecha en la que Mia y él habían disfrutado de su breve aventura.

Le sorprendía que pudiera haber tenido un hijo suyo y que no hubiera intentado ponerse en contacto con él, o que al menos no le hubiera contado la verdad cuando llegó al Complejo Parker. Pero la gran pregunta era: ¿por qué intentar ocultárselo? Y entonces se dio cuenta de que, a pesar de sus lesiones, tal vez pudiera ser capaz de cumplir con los términos del acuerdo que había hecho con sus hermanos.

Pero primero tenía que estar seguro de que Jasper era suyo.

—No habías mencionado que tuvieras un hijo —le dijo a Mia.

—Eso no influye en mi capacidad para hacer mi trabajo, ni en tu reserva en el hotel. ¿Por qué debería haberlo mencionado?

—Oh, no lo sé —se echó a un lado para bloquear su camino cuando intentó salir de la habitación—. ¿Tal vez porque yo podría ser su padre?

—Eso es ridículo.

–¿Ridículo? A mí me parecería más ridículo intentar ocultar la verdad.

–Es mi hijo. Yo lo gesté, yo lo di a luz y yo lo estoy criando como mejor puedo. Ésa es la verdad.

–¿La verdad? ¿Entonces quién es el padre de Jasper, si no soy yo?

Ben le agarró la barbilla con sus dedos fuertes y la obligó a mirarlo.

–Mia, dime que Jasper es hijo mío.

Ella apartó la cabeza.

–No te diré tal cosa. Ahora, por favor, déjame pasar. Tengo trabajo que hacer y un niño enfermo al que atender. Dado que estás tan preocupado por su bienestar, tal vez harías bien en recordar que eres tú el que me impide estar con él ahora mismo.

–No hemos terminado de hablar de esto –le advirtió él.

–No estoy de acuerdo. Ya hemos agotado el tema.

Se abrió paso y se dirigió hacia la entrada, donde abrió la puerta y la sujetó para que él pasara.

–Entiendo que esta noche tienes que estar con Jasper, pero mañana hablaremos más de esto.

–No hay nada de lo que hablar. Ya te lo he dicho.

–Eso dices tú. Sin embargo, tus ojos te delatan, Mia.

–No hay nada que delatar –insistió ella, pero Ben captó la ansiedad detrás de sus palabras.

–Entonces cena conmigo esta noche, como te sugerí esta mañana. Háblame del padre de Jasper. Demuéstrame que no soy yo.

–No tengo que cenar contigo para demostrarte que no eres el padre de mi hijo.

–Entonces no tienes nada que temer, ¿verdad?

–Señor Del Castillo, mi hijo está enfermo y necesita a su madre. Dígame, ¿por qué iba a preferir pasar tiempo con usted antes que estar con él?

–Llámame Ben. Y estoy seguro de que Jasper se quedará dormido en algún momento de la noche. Cuando lo haga, puedes ir a mi habitación. Te esperaré. A mí no me importa. Estoy acostumbrado a cenar tarde.

–¿Si no se calma y no voy?

–Bueno, entonces tendré que ir a buscarte yo.

–Veré lo que puedo hacer –contestó ella al fin.

Ben la observó mientras cerraba la puerta del spa tras ellos y caminaba hacia las puertas que conducían al exterior. Se tomó un instante para disfrutar del placer de ver el contoneo de sus caderas.

No lograría eludir su deseo de saber quién era el padre de Jasper y, si intentaba impedírselo, descubriría lo que era negarle algo a un Del Castillo.

# *Capítulo Seis*

Ben esperó hasta las nueve y media antes de llamar a recepción para pedir hablar con Mia. Se sentía molesto mientras caminaba de un lado a otro de la habitación con el teléfono pegado a la oreja.

–Lo siento, señor, pero la señorita Parker está fuera de servicio hasta mañana por la mañana. ¿No puede atenderle otra persona?

No, a no ser que otra persona pudiera contarle todo lo que había hecho Mia desde que él abandonara Queenstown tras la celebración del Año Nuevo que había logrado borrar de su memoria el resto de celebraciones de Año Nuevo.

–La señorita Parker está esperando mi llamada. Por favor, póngame con su habitación.

Notó la reticencia de la recepcionista de noche antes de continuar.

–Déjeme consultarlo primero con la señorita Parker.

La lealtad del servicio era encomiable. Sin embargo, Ben no pudo evitar apretar los dientes con frustración.

–Le paso –dijo la recepcionista pocos segundos más tarde.

–Muchas gracias –respondió Ben.

Pasaron varios segundos hasta que oyó la voz de una mujer al otro lado de la línea.

–¿Señor Del Castillo?

–¿Elsa, qué tal estás esta noche? Creí que quedamos en que me llamarías Ben –dijo él con toda la amabilidad que pudo–. ¿Sería posible hablar con Mia?

–Lo siento, pero Mia está durmiendo. Ayer pasó mala noche con Jasper y se ha quedado dormida poco después del baño del niño. Yo estoy aquí para ayudar por si vuelve a pasar lo mismo. Tal vez pueda darle el mensaje.

Ben pensó en las palabras de Elsa. ¿Estaría Mia verdaderamente dormida o le habría dicho a su madre que filtrase las llamadas?

–No, no quiero dejar ningún mensaje. Hablaré con ella mañana. Espero que descanséis esta noche y que Jasper esté mejor por la mañana.

Terminó la llamada y dejó caer el teléfono sobre el sofá que tenía al lado. Deseaba saber la verdad sobre Jasper. ¿Pero cómo iba a averiguarla si Mia seguía poniéndole obstáculos a cada paso del camino?

Tal vez estuviese haciéndolo todo mal. Había más de una manera de pescar un pez, pero para eso había que emplear el cebo adecuado. Y la cuestión era cuál era el cebo de Mia.

A la tarde siguiente, cuando Ben se presentó al masaje, le sorprendió ver a una mujer distinta esperándolo en el spa.

–Usted debe de ser el señor Del Castillo –dijo la morena mientras daba un paso al frente para recibirlo–. Soy Cassie Edwards. Mia me ha pedido que la sustituya hoy porque no se encuentra bien.

–¿No se encuentra bien?

–Al parecer ha contraído la misma enfermedad que su hijo –se apresuró a decir la chica al advertir su incredulidad.

Era algo que podría comprobar fácilmente y decidió hacerlo cuando terminara su sesión con Cassie.

Cassie era buena, reconoció cuando el masaje hubo acabado, pero no era Mia. Echaba de menos la fuerza de sus dedos mientras se deslizaban sobre su cuerpo, incluso echaba de menos la manera en que deshacía los nudos de sus hombros y más abajo. Pero sobre todo echaba de menos sus caricias. Saber que era ella y solamente ella la que calmaba sus músculos doloridos.

Tras terminar, se fue a la suite a ducharse y a cambiarse, y después decidió hacerles una visita a Mia y a Jasper. Llamó al servicio de habitaciones e hizo que le enviaran una cesta con pan, sopa de pollo en un termo y una selección de fruta fresca.

Había un corto paseo hasta el edificio donde sabía que vivía Mia. Dedujo que el edificio, construido a principios del siglo pasado, probablemente hubiese sido la casa original cuando la propiedad era una granja. Los libros en el hotel indicaban que, tres años atrás, casi todos los pastos de la granja habían sido vendidos y la propiedad había sido convertida en el hotel y spa que era actualmente.

Leyendo entre líneas, Benedict comenzó a preguntarse qué habría provocado un cambio tan importante en un periodo tan corto de tiempo. Se dijo mentalmente que debía investigar más. Al día siguiente sería un buen día, dado que planeaba pasar algún tiempo en Queenstown poniéndose al día con amigos con los que se había hospedado durante su última visita a la zona. Unas cuantas preguntas aquí y allá le proporcionarían la información que buscaba.

Pero por el momento, su preocupación más inmediata era averiguar si Mia se encontraba mal o no.

Cuando llegó al edificio, siguió el primer camino que le condujo a una puerta verde. Llamó suavemente y esperó. Tras unos minutos, oyó pisadas al otro lado y la puerta finalmente se abrió.

Mia estaba de pie frente a él, con su melena rubia suelta y no recogida en su coleta habitual. Sus ojeras eran aún más prominentes que el día anterior, y tenía los ojos brillantes, como si tuviera fiebre.

Ben se sintió ridículo por sus sospechas y alzó la cesta que llevaba.

–He oído que no te sentías bien y pensé en traerte esto. ¿Puedo entrar?

–¿No te preocupa que te contagiemos? –preguntó ella con voz ronca.

–Creo que, si tuviera que contagiarme de ti, ya lo habría hecho –respondió Ben.

–Tú eliges –dijo ella agachando la cabeza y echándose a un lado para dejarle pasar–. Francamente, estoy demasiado cansada para discutir contigo.

–Es un cambio agradable para variar –contestó él mientras entraba.

Había juguetes esparcidos por el suelo, y el sofá había sido convertido en una cama.

–Siento el desastre. No tenía energía para recoger las cosas de Jas hoy.

–Comprensible, si no estás bien. Siéntate antes de que te caigas.

La agarró del codo y la guió al sofá. Allí le levantó los pies antes de cubrirla con una manta.

–¿Elsa no está aquí hoy?

Mia negó con la cabeza.

–Se va a quedar en la ciudad porque mañana por la mañana tiene cita con su cardiólogo. El médico sólo visita Queenstown de vez en cuando, así que no quería que tuviera que cancelarlo.

–¿Cómo está Jasper hoy?

–Hoy está mucho mejor. Los antibióticos están haciendo su efecto. Ahora está dormido. Probablemente debería haber intentado que mantuviera su horario habitual de acostarse, porque ahora estará despierto hasta tarde, pero cuando se quedó dormido, tuve que meterlo en la cama.

–¿Has comido algo en todo el día?

–No mucho. Me duele al comer.

–Te he traído sopa. Creo que deberías probarla. Tu cocinero asegura que es la receta secreta de su abuela y hará que te sientas mejor en poco tiempo.

–¿Por qué?

–¿Por qué, qué?

–¿Por qué haces esto por mí?

Ben vaciló un instante. Para ser sincero, no lo sabía. Cierto que al principio había querido asegurarse de que no estuviera esquivándolo; y sobre todo esquivando sus preguntas sobre Jasper. Pero desde que la había visto en la puerta se había sentido obligado a asegurarse de que estuviese bien. Buscó en su cabeza algo que decir y se decantó por lo primero que se le ocurrió.

–Oh, no es nada filantrópico, te lo aseguro. Se trata de mí. Quiero que mi masajista habitual se recupere lo antes posible. Cassie es buena, pero no tan buena como tú.

Ella emitió un sonido ahogado, a medio camino entre una risa y un gemido de dolor.

–¿Tanto te cuesta creerlo?

–No, no me cuesta, si lo dices así –contestó ella con una sonrisa antes de intentar ponerse en pie.

–¿Dónde crees que vas?

–A la cocina a por cuencos para la sopa.

–Dime dónde están las cosas. Tú puedes quedarte donde estás.

Ben volvió a taparle las piernas con la manta y advirtió con aprobación que los vaqueros le quedaban mucho mejor que el horrible uniforme que solía llevar a trabajar.

Siguiendo sus instrucciones, fue a la cocina y encontró los utensilios necesarios. Recogió la cesta de la sala de estar y preparó una bandeja para uno. Un hecho del que ella se quejó cuando le llevó el cuenco de sopa y una rebanada de pan con mantequilla.

–¿Tú no vas a comer?

–No, lo he traído para ti. Mi madre no solía cocinar mucho cuando éramos pequeños, pero siempre me acuerdo de que me llevaba su sopa de pollo cuando estaba enfermo.

Mia lo miró por encima de la bandeja que le había dejado en el regazo. Aquel Benedict del Castillo no se parecía en nada al hombre que prácticamente la había amenazado el día anterior con Jasper. ¿Cuál sería el motivo del cambio?

–Está muy buena. Deberías probarla –dijo tras probar la sopa.

–Tal vez. Pero primero veamos cuánto te apetece.

Bajo su atenta mirada, Mia mojó un poco de pan en la sopa y se lo llevó a la boca. Sintió que una gota de sopa se le había quedado en el labio y se la limpió con la lengua. Miró fugazmente a Ben cuando éste se aclaró la garganta y miró hacia otro lado. Un torrente de calor que no tenía nada que ver con la fiebre recorrió su cuerpo.

Era una locura. Sus reacciones hacia él estaban fuera de todo comportamiento racional. Allí estaba ella, enferma, y deseándolo. Se concentró en la sopa e intentó tragar a pesar del dolor.

No era de extrañar que Jasper se hubiera puesto tan inquieto el día anterior si se sentía así. Ella misma había pensado en la posibilidad de ir al médico también, pero había desechado la idea. Lo único que necesitaba era reposo y mucho líquido. Si no mostraba mejoría en los dos próximos días, iría al médico, pero por el momento estaba segura de poder hacerle frente. Además, estar enferma le había dado la excusa perfecta para llamar a Cassie, una de las masajistas que normalmente trabajaba en el spa cuando el hotel estaba lleno.

Aunque no había logrado evitar a Ben, pensó mientras lo miraba otra vez. Se había levantado de la silla y estaba recogiendo los juguetes de Jasper y guardándolos en un baúl que había en la habitación. Normalmente Mia hacía que Jasper recogiera sus juguetes, pero aquel día todo le parecía demasiado.

De hecho, pensándolo bien, le costaba un gran esfuerzo hasta mantener los ojos abiertos. Apoyó la cabeza en el cojín que tenía detrás y bajó los párpados. Los cerraría sólo durante un minuto, nada más, y luego volvería a estar bien.

\*\*\*

Supo que era mucho más tarde cuando abrió los ojos. La luz grisácea del atardecer invernal había dado paso a la noche, y la bandeja había desaparecido de su regazo. Se sentía un poco mejor tras la comida y el descanso, aunque tenía la boca pastosa y los ojos le ardían como si tuviera un kilo de polvo acumulado tras los párpados. Aún débil, se quitó la manta de encima y se obligó a ponerse en pie. Tenía que ir a ver a Jasper e ir a lavarse.

La habitación le dio vueltas y se tomó unos segundos para recuperarse. La sala de estar estaba mucho más ordenada que cuando se había quedado dormida. No sólo había desaparecido la bandeja, sino que la mesa del café estaba ordenada, y gracias a la luz que había encendida en la cocina, podía ver que también habían limpiado allí.

Miró el reloj de la cocina y vio que era más de medianoche. Tenía que ir a ver a Jasper. El niño debía tomarse el antibiótico que le había recetado el médico a eso de las siete. Pero primero el baño.

Tras ocuparse de sus necesidades y lavarse las manos y la cara, se dirigió hacia la habitación de Jasper. Abrió la puerta suavemente y se quedó de piedra en el umbral. Allí, en la cama de Jasper, yacía Benedict del Castillo con el niño entre sus brazos. El corazón le dio un vuelco al ver las dos cabezas tan juntas.

Ambos tenían la misma estructura ósea. Una frente fuerte y ancha con cejas oscuras y pobladas, ligeramente arqueadas. Sus ojos, que aunque cerrados, sabía que tenían el mismo color oscuro. La nariz larga y recta de Ben era distinta a la de Jasper, pues la del niño aún poseía la falta de definición propia de la infancia.

Sintió que los ojos se le llenaban de lágrimas y salió de la habitación. Aunque debió de hacer algún ruido, porque Ben abrió los ojos. Se llevó un dedo a los labios para indicar que no hiciera ruido, se levantó de la cama, tapó a Jasper con la colcha y se reunió con ella en la puerta del dormitorio.

Le agarró la mano con total naturalidad, como si aquello formase parte de su rutina diaria. Cuando estuvieron de vuelta en la sala de estar, le puso la otra mano en la frente.

–Estás más fría que antes.

–¿Qué estabas haciendo? –preguntó ella–. ¿Has estado aquí todo este tiempo?

–Necesitabas descansar y no tenía sentido molestarte. Jasper se despertó poco tiempo después de que te quedaras dormida. Hicimos un juego para ver cómo de callado podía estar. Es un chico muy bueno para su edad.

–Pero tu cena, su cena...

–Le preparé huevos revueltos y tostadas con el pan que te había traído antes. Lo devoró y después me recordó que debía tomarse la medicina.

–No sé cómo darte las gracias –le dijo ella tras sentarse en una silla–. Deberías haberme despertado para poder volver al hotel.

–Tampoco tenía nada importante que hacer –dijo él mientras se sentaba enfrente–. Además, parecía que tenías un poco de fiebre. Era mejor dejarte dormir y ocuparme de Jasper por ti.

–¿A qué hora ha vuelto a la cama?

–Se quedó dormido sobre las nueve, tras insistir en que le contara varios cuentos.

–Él es así –contestó ella con una sonrisa.

–Le conté historias sobre mi hogar, y sobre lo que fue criarme en el castillo de mi familia. Estaba fascinado. Le prometí que algún día le llevaría.

Mia sintió un escalofrío en la espalda.

–¿Qué? No tenías derecho a hacer eso.

–Tengo todo el derecho. Es mi hijo al fin y al cabo, ¿verdad? Me ha dicho cuándo es su cumpleaños. Lo ha señalado en el calendario de su habitación. Fue concebido cuando estuvimos juntos, ¿verdad, Mia?

Mia tragó saliva e intentó respirar hondo.

–No estoy orgullosa de mi comportamiento de entonces, pero, sinceramente, cualquier hombre con el que me acosté aquel verano podría ser su padre –dijo finalmente.

Ben entornó los párpados y Mia vio la rabia en la profundidad de sus ojos, que hacía que parecieran más negros que marrones. Al instante deseó no haber dicho aquello. Era cierto que no se enorgullecía de su comportamiento en aquella época de su vida, pero en lo que respectaba a la intimidad física, tenía poco de lo que avergonzarse. Benedict del Castillo era el único hombre con el que había compartido su cuerpo aquel verano.

–¿Por qué no me dices la verdad? –preguntó él con voz fría y firme.

–Porque no te debo nada. Aunque fueras el padre de Jasper, ¿por qué diablos iba a decírtelo? No eres el tipo de hombre que querría en su vida. Cierto que antes me comportaba de manera despreocupada, pero todo eso cambió cuando tuve a Jas. Tú, sin embargo, bueno… Internet está lleno de entradas sobre ti y sobre tus conquistas a lo largo y ancho de Europa. Cambias de mujer con la misma frecuencia con la que cambias de traje. Vas de aventura en aventura; ya sea en las carreras de Mónaco, escalando en Suiza o cualquier otra cosa que te divierta durante un tiempo, pero entonces te deshaces de ello. Nada de eso te convierte en un buen padre según mi criterio, y en lo que a mí respecta, no eres el tipo de hombre que Jasper merece en su vida. Ahora mismo, para ti él no es más que algo que poseer. No sabes nada sobre él y aun así, basándote en un ligero parecido físico, esperas que te dé derechos que probablemente no deseas de verdad.

–Tú no sabes nada sobre lo que realmente deseo, pero lo averiguarás. Confía en mí.

–¿Confiar en ti? –Mia se rió sarcásticamente–. Mira, agradezco lo que has hecho por mí esta noche, pero por favor, ahora déjame. No te diré lo que quieres oír. Ni ahora ni nunca.

–Estás cometiendo un grave error, Mia.

–Oh, créeme, no lo estoy haciendo. Si no estuviera unida a ti por ese estúpido contrato, te marcharías ahora mismo.

–Estás unida a mí por algo más que un contrato, Mia, no lo olvides.

Mientras Mia lo veía marchar, se recostó en su silla y se preguntó dónde se habría metido. Era evidente que Ben no pensaba rendirse y, finalmente, ¿qué sería de su hijo y de ella?

# *Capítulo Siete*

Ben miró hacia Queenstown mientras el barco se alejaba del muelle situado en el centro de la ciudad. Un día relajante en el valle de Gibbston con sus amigos, Jim y Cathy Samson, le había ayudado a olvidar su enfado por la testarudez de Mia la noche anterior, pero no había servido para quitarle la determinación. Aunque no tuviese pruebas concluyentes, estaba seguro de que Jasper era hijo suyo. Incluso en aquel momento, sentía un vínculo con el niño que jamás hubiera creído posible.

Las palabras de Mia habían dado vueltas por su cabeza durante toda la noche. ¿Así que no pensaba que pudiera ser un buen padre? Al principio las palabras le habían enfurecido, pero mientras daba vueltas en la cama a lo largo de una noche insomne, se había visto obligado a admitir que podía comprender algunos de sus miedos. Nada en su encuentro breve y anónimo podría haberle dado a Mia la impresión de que él tuviera intención de convertirse en marido, y mucho menos en padre. No había estado en sus planes por entonces.

Pero, por otra parte, sabía que la maternidad tampoco había estado en sus planes. Aun así había aceptado el desafío y había demostrado que era capaz de cuidar a su hijo durante esos años. ¿Acaso lo creía incapaz de desarrollar ese nivel de madurez? ¿Por eso se había mostrado tan decidida a mantener la distancia desde su llegada a Nueva Zelanda? ¿Realmente pensaba que era incapaz de tratar a alguien, mujer o niño, como algo más que una mera distracción? La idea le dolía y le daba más ganas de seguir con el desafío. Conseguiría los derechos que le correspondían, aunque fuese en los tribunales.

En la distancia podía ver el coche y al chófer que le habían asignado para pasar el día alejarse del muelle. Parecía que Mia había logrado seguir todas sus indicaciones en el contrato hasta el momento. Por alguna razón, eso le fastidiaba más que satisfacerlo. Ahora que comprendía lo importante que era para ella el lado financiero de su acuerdo, pensaba que habría sido interesante jugar un poco con ella para ver hasta dónde estaba dispuesta a llegar por proteger su estatus. Pero Ben había sido incapaz de encontrar un solo fallo hasta el momento.

Aquella mañana, cuando había llegado a Queenstown, se había montado en un lujoso coche con asientos de cuero y había sido conducido al viñedo donde vivían sus amigos. El paisaje hacia el valle de Gibbston difería mucho de su última visita, pero la belleza blanca y gris de sus alrededores había logrado impactarle de igual forma que el calor y los colores del verano.

Sonrió amargamente. La diferencia de temperatura entre aquella visita y la anterior era un reflejo del recibimiento de Mia. La primera vez se había mostrado llena de calor e intensidad. La segunda, era la completa antítesis.

Salvo cuando la había besado. Eso había sido incendiario. Aun así, ese recuerdo también estaba teñido por la certeza de que, aun habiendo respondido a su beso, le había ocultado la verdad sobre su hijo.

Bueno, incendiario o no, pronto descubriría que él no se apartaba de lo que era importante en su vida, y su hijo era lo más importante para él en aquel momento. Ese mismo día había empezado a recopilar información sobre Mia con la intención de demostrar que él era la mejor opción a ser el padre de Jasper. Aunque su objetivo había estado claro desde el principio, no había imaginado descubrir lo equivocado que había estado con ella. La información que había recabado a lo largo del día con sus amigos había sido reveladora y le había mostrado un lado de Mia que no esperaba. Un lado que demostraba su aguante y determinación. Imaginaba que debía admirarla por lo duro que había trabajado para mantener su hogar familiar a la vista de la bancarrota económica de su padre y de las consecuencias después de su muerte. No debía de haber sido fácil para ella.

Jim y Cathy sólo tenían palabras buenas hacia ella; sobre lo fuerte que había sido con su madre, sobre cómo se había adaptado a sus circunstancias, sobre cómo había construido un negocio de la nada. Incluso se había hecho cargo de la maternidad como si hubiera nacido para ello.

Ben sólo había pasado unas pocas horas con el chico la noche anterior, pero ese tiempo había sido muy preciado. Ver a su hijo sonreír, escucharlo reír, tener la oportunidad de cuidarlo y de conocerlo. Era un regalo que Ben nunca había creído que sería capaz de disfrutar tras conocer los resultados del accidente de coche. Mia no tenía derecho a quitarle eso. Sobre todo si su motivación era una creencia errada sobre su incapacidad para cuidar y querer a su hijo.

Aunque pronto aprendería que los Del Castillo no

se rendían. Ben no pensaba renunciar a su hijo bajo ninguna circunstancia.

Mientras Mia esperaba en el spa a que llegase Benedict para el masaje, se entretuvo haciendo un pequeño inventario de sus utensilios. Cualquier cosa para no pensar en el tiempo que tendrían que pasar juntos.

Al oír un sonido en la puerta se detuvo. Se obligó a actuar con calma y dejó la carpeta y el bolígrafo que había estado usando sobre el mostrador de recepción.

–No esperaba verte aquí hoy –dijo Ben.

–Me encontraba un poco mejor, así que pensé en darle el día libre a Cassie –salió de detrás del mostrador y cruzó el vestíbulo hasta la puerta de su sala de tratamientos–. Ya conoces el procedimiento –le dijo–. Entraré cuando estés listo.

Por un momento él vaciló, como si estuviera a punto de decir algo, pero simplemente entró en la habitación y cerró la puerta. Mia se llevó una mano al cuello. Sentía cómo el pulso se le aceleraba bajo las yemas de los dedos.

Aquel día había aparecido con vaqueros de diseño y un polo negro de manga larga, y el efecto era arrollador. El tejido se ceñía a su cuerpo, un cuerpo que ella conocía demasiado bien. Un cuerpo que, incluso sin encontrarse en plena forma, hacía que todos sus receptores se alterasen. Cerró los ojos y tomó aliento. Ya lo había hecho antes y podría volver a hacerlo. Era una masa de músculos, piel y huesos. Su trabajo era darle un masaje y proporcionar alivio muscular.

Abrió los ojos y llamó suavemente a la puerta antes de entrar. Como de costumbre, el aceite aromático que tenía en el quemador la golpeó inmediatamente y le produjo un efecto relajante. Como había hecho las dos últimas veces, le colocó a Ben la sábana por encima de las piernas y las nalgas antes de comenzar con el masaje.

–¿Qué tal tu día? –le preguntó mientras presionaba las manos contra su piel suave y caliente.

–¿Realmente deseas saberlo o simplemente estás siendo educada? –respondió Ben.

–Estoy siendo educada –dijo ella, decidida a mantener el control de su temperamento y de sus nervios.

–Bueno, al menos eres sincera –respondió él con una risotada burlona–. Supongo que, si yo fuera igual de sincero, te diría que hoy he descubierto algunas cosas interesantes sobre ti.

Mia se detuvo.

–¿Has estado preguntando por mí? ¿A quién? ¿Dónde?

Mencionó a los Samson, en cuya casa se habían conocido en la fiesta de Nochevieja tres años y medio antes.

–Ah –dijo ella, y de pronto deseó no haber sacado la conversación–. No los he visto desde entonces.

–Ya me lo han dicho. Parece que no has hecho ningún esfuerzo por mantener el contacto con tu antigua gente. ¿Por qué, Mia?

–Como ya te dije, la gente cambia. Yo he cambiado, para ser más exacta. No podía seguir viviendo a su nivel y no quería sentirme obligada. Además, tampoco los conocía tan bien.

Recordaba perfectamente bien las llamadas bienintencionadas preguntándole cómo estaba. Cierto que algunos de sus amigos habían sido sinceros en su preocupación, pero otros simplemente buscaban cotilleos, como si los titulares de los periódicos no hubieran sido lo suficientemente reveladores. Mia había estado demasiado ocupada con el estado de nervios de su madre y con su propio embarazado como para preocuparse por lo que sus amigos y conocidos pudieran pensar.

Los medios de comunicación se habían mostrado morbosos con la ruina económica de su padre. No habían respetado nada. Recordaba bien las fotos en los periódicos cada vez que pisaban Queenstown; los pies de foto siempre especulaban sobre cuánto dinero de su padre se gastaría Mia en esa ocasión. Cada foto, cada conjetura había sido otro clavo en el ataúd de su padre y al final él había sido incapaz de continuar.

Y entonces se habían vuelto sórdidos y habían insinuado que Reuben Parker no había podido mantener el nivel de vida que exigían sus mujeres y que por eso había acabado colgándose de uno de los árboles de su finca. Mia no había tardado en dudar de las condolencias y de los gestos de apoyo de gente a la que consideraba su amiga. Al final había sido más fácil rechazar todas las invitaciones y aislarse en el mundo que su padre les había dejado. Un mundo que ella había reconstruido pieza por pieza.

–Sabes que Jim y Cathy no son así. No juzgan a la gente por los mismos estándares que los demás.

Mia emitió un sonido insustancial y pasó a la siguiente fase del masaje con la esperanza de que dejara el tema. Debería haber sabido que no sería así.

–¿Hasta dónde alcanza tu deuda, Mia? Convertir

esta propiedad en un hotel con spa no debe de haber sido barato. Sobre todo si lo sumas a las demás deudas de las que te hiciste responsable.

—Eso queda entre el director del banco y yo —contestó ella con cuidado de no dejar que la rabia tiñese sus palabras. ¿Cómo se atrevía a hacerle una pregunta tan personal?

—Imagino que, con el clima económico actual, no habrás estado al máximo rendimiento, ¿verdad?

—Nos va bien —insistió ella.

—El contrato que firmamos debe de haber sido una bendición, ¿verdad?

—No negaré que nos vino bien, hasta que descubrí con quién había firmado el contrato.

Él se carcajeó y Mia sintió la tensión de sus músculos.

—¿Crees que has hecho un pacto con el diablo?

—Podría decirse así.

—Entonces no deberías poner a prueba mi generosidad.

—¿No estás satisfecho con tu estancia aquí? —preguntó ella.

—Aún no, pero todavía es pronto.

Mia centró su energía en una parte especialmente tensa de su cadera y fue recompensada con un gruñido de dolor.

—Entonces me daré por advertida —respondió, y se recordó a sí misma que debía asegurarse de que sus empleados cumplieran a rajatabla los puntos del acuerdo.

No podía haber ningún error. Ninguno.

\*\*\*

Al día siguiente Mia se tomó la mañana libre. El médico de Jasper tenía una breve operación el sábado por la mañana en la clínica y Mia quería llevar a Jasper a Queenstown para que volviese a hacerle un chequeo. Aunque estaba bastante satisfecha con sus progresos.

A Jasper siempre le gustaba ir a la ciudad, y sobre todo disfrutaba viendo los telecabinas subir por el lado de la montaña. Para su tercer cumpleaños, para el que quedaban dos meses y medio, pensaba llevarlo allí y comer en el restaurante situado arriba. Por el momento, su hijo parecía feliz sentado en el regazo de Don y fingiendo que gobernaba el barco mientras se acercaban al muelle.

—No te preocupes por tener que esperarnos —le dijo a Don—. Probablemente iremos al centro comercial después y tomaremos un taxi acuático para volver a casa.

—Si estás segura —le respondió Don—. A mí no me importa esperar, ya lo sabes.

—Sí, pero creo que es más importante que estés disponible para el señor Del Castillo, por si quiere el barco por alguna razón a lo largo del día. No hagamos nada que pueda enfadarlo.

—Lo que tú digas. Eres la jefa.

Don le dirigió una sonrisa y le revolvió el pelo a Jasper.

—¿Y bien, capitán? ¿Estamos listos para entrar en el puerto?

Jasper asintió con entusiasmo, se bajó de su regazo y corrió a sentarse en otro asiento para no estar en medio. Mia lo observó con orgullo. Tan joven y ya tan responsable.

La visita al doctor fue bien y, para tranquilidad de Mia, le dijeron que Jasper podía regresar al colegio el lunes. Por agradable que hubiera sido tenerlo en casa, era demasiado agotador para compaginar su cuidado con un trabajo a jornada completa.

Jasper estaba entusiasmado en el autobús de camino al centro comercial y no dejaba de dar saltos en su asiento mientras le hacía cientos de preguntas. El viaje hasta Frankton no duró mucho, y Mia le dio la mano con fuerza al bajar del autobús. Le había prometido un regalo de la tienda multiusos que allí había, seguido de una comida en el café situado junto a la parada del autobús.

Mientras daban vueltas por los pasillos de juguetes de la tienda, Mia tuvo la sensación de que alguien estaba observándola. Giró la cabeza y vio a una joven que la miraba intensamente antes de apartar la mirada y mostrar un súbito interés por una vitrina de figuras de acción. Tal vez estuviera volviéndose paranoica, pero se llevó a Jasper a otro pasillo y lo distrajo con un juego de construcciones que había visto en televisión y que llevaba días pidiéndole.

Costaba mucho más dinero del que había pensado gastarse, pero la mirada inquisitiva de la otra mujer la había dejado inquieta. Por alguna extraña razón le recordaba mucho al modo en que la miraba la gente cuando el escándalo de su padre salió a la luz.

Hizo su compra apresuradamente y condujo a Jasper a la parada del autobús.

–Quiero comer, mami. Dijiste que comeríamos –se quejó Jasper, y empezó a tirar de ella hacia las puertas del café.

–Lo sé, cariño, pero he recordado que tengo que

volver a casa. Te prometo que te compraré algo en Queenstown antes de tomar el taxi a casa, ¿de acuerdo?

—No —contestó el niño, y comenzó a temblarle el labio interior—. Quiero comer ahora.

Haciendo equilibrios con el juego de construcciones y su bolso, Mia se agachó para tomar a Jasper en brazos, pero éste se negó. Al mismo tiempo notó que había alguien junto a ella. La mujer de la tienda, salvo que en esa ocasión iba acompañada de alguien más. Un hombre con una cámara que no dejaba de sacarle fotos.

—Señorita Parker, ¿es cierto que Benedict del Castillo está alojado en su hotel? —preguntó la mujer.

—¿Qué? Perdone, no sé de qué está hablando.

—Vamos, Mia. Benedict del Castillo fue visto en Queenstown ayer y es noticia allí donde va, sobre todo desde el accidente. Una fuente nos ha dicho que fuisteis amantes hace tiempo. ¿Esta visita es un reencuentro?

Mia tomó a Jasper en brazos y le tapó la cara contra su hombro.

—Como ya he dicho —respondió con toda la calma que pudo—, no tengo ni idea de lo que está hablando. Ahora, por favor, está molestando a mi hijo. Deje de sacar fotos. Están invadiendo mi intimidad.

Miró con odio al fotógrafo, que ignoró su petición por completo.

—Estamos en un lugar público, Mia —le recordó la reportera con una sonrisa que era cualquier cosa menos amistosa—. Dígame, ¿cómo se siente uno de los solteros más codiciados de Europa con la idea de ser padre?

# *Capítulo Ocho*

Mia apretó a Jasper con tanta fuerza contra su cuerpo que el niño se retorció a modo de protesta. Sintió una punzada de remordimiento, pero en aquel momento, con la cámara del fotógrafo delante de la cara, estaba decidida a proteger la privacidad de su hijo y a evitar que tomaran otra instantánea de su rostro. Sólo esperaba que no lo hubiesen hecho ya.

Para su tranquilidad, un taxi se detuvo frente a ella para dejar bajar a un par de turistas extranjeros. Atravesó corriendo la carretera y se subió al vehículo junto con Jasper.

–Lo siento, señorita –dijo el conductor–, pero mis pasajeros actuales me pagan para que los espere aquí.

–Por favor, necesito escapar de esa gente. Le pagaré el doble de la tarifa por llevarme de vuelta al muelle de la ciudad. ¡El triple! Pero por favor, sáqueme de aquí.

–Un minuto entonces –dijo el hombre, y se bajó del coche.

Mia observó cómo el conductor corría hacia la pareja de turistas y, con gestos, indicaba que volvería en media hora. Cuando éstos asintieron, Mia suspiró aliviada.

Junto a ella, Jasper yacía boca abajo en el asiento del coche, llorando sin parar. Mia se quitó el abrigo, lo cubrió con él y comenzó a acariciarle los hombros por encima de la tela. El conductor regresó al taxi y se sentó al volante. De camino al centro de la ciudad, Mia miraba por la ventanilla el coche rojo que los seguía a cada kilómetro. Por segunda vez en su vida, se arrepintió de vivir en una ciudad relativamente pequeña. No había escapatoria. Nada que les impidiera tomar otro taxi acuático y seguirla hasta el Complejo Parker si decidían hacerlo.

Jasper se había calmado por fin, advirtió aliviada, pero aunque ya no lloraba, parecía confuso y triste. No se merecía todo aquello. Ni una pizca. Él era inocente. Un escalofrío recorrió su espalda. Sabía cómo eran los medios de comunicación. Incansables cuando iban detrás de una buena historia. La idea de que arrastraran a su pequeño a ese mundo de sordidez la llenaba de miedo y de ira.

Cuando salían de Frankton, Mia advirtió que el coche rojo aminoraba la velocidad y aparcaba a un lado de la carretera. Vio a la reportera con el móvil pegado a la oreja, haciendo gestos con la otra mano mientras hablaba. En el asiento del copiloto iba el fotógrafo, que apuntaba con su cámara a Mia. Ella giró la cabeza, aliviada al comprobar que parecían haberse dado por vencido.

Quince minutos más tarde, el taxi se detuvo en el muelle de Queenstown. Estaba temblando. Buscó en su bolso y sacó el dinero que llevaba allí.

Tomó a Jasper en brazos y agarró la bolsa con su regalo. Al hacerlo, oyó que el móvil del conductor comenzaba a sonar. Lo agarró y descolgó, mirándola fijamente mientras ella salía del coche. Otro escalofrío recorrió su espalda al verlo poner fin a la llamada y marcar otros números en el teléfono, que luego apuntó directamente hacia Jasper y ella. Antes de poder apartarse, oyó el sonido delator de la cámara sacando una foto. Parecía que hasta su caballero de armadura plateada tenía un precio.

La reportera debía de haber llamado a la compañía de taxis y se habría puesto en contacto con el conductor, imaginó mientras corría hacia el muelle. Se preguntó cuánto dinero habría pedido a cambio de vender su intimidad.

–Vamos, Jas, subamos al barco y volvamos a casa –le dijo a su hijo.

–¿Y la comida? –preguntó Jasper.

–Lo siento, cariño. Tenemos que volver a casa.

El juego de construcciones golpeaba contra su pierna mientras corría hacia el muelle. Sólo esperaba poder convencer al capitán del barco para que se saltara su horario y partiese hacia el Complejo Parker en ese mismo instante en vez de tener que esperar a que se llenara de pasajeros.

Por suerte, el capitán se mostró comprensivo y accedió a partir hacia el complejo, a cambio de una bonificación. Mientras se alejaban hacia el lago, Mia se permitió al fin relajarse. El torrente de adrenalina que la había impulsado desde el centro comercial hasta allí había cesado y en aquel momento se sentía agotada.

Agotada y muy preocupada por qué hacer a continuación. Sabía que no debería extrañarle que hubieran visto a Ben en Queenstown; él mismo le había dicho que había ido allí a ver a unos amigos, ¿pero cómo diablos habían descubierto el vínculo entre ellos? ¿Quién de sus antiguos amigos habría revelado la noticia sobre su aventura? Poca gente se enteró en su momento. Jim y Cathy Samson y una antigua amiga fueron las únicas tres personas que le vinieron a la cabeza.

Sabía de buena tinta que los Samson eran muy celosos de su intimidad. ¿Pero su antigua amiga? Por mucho que le doliese admitirlo, Sue siempre había tenido levantada el hacha de guerra en lo que a ella respectaba. En la esfera superficial y vacía en la que se movían, Mia lo había achacado siempre a una ligera envidia, pero nunca había pensado que Sue pudiera ser maliciosa.

Sabía que trabajaba en la CBD de Queenstown, en un edificio que daba al muelle. ¿Habría visto a Ben el día anterior? Tal vez hubiera llamado al periódico local para contarles lo poco que sabía.

Sí, probablemente ella fuese la culpable, aunque la idea de que alguien a quien había conocido tan bien pudiera convertirse en enemiga resultaba muy dolorosa. No importaba cuáles fueran las circunstancias, Mia sabía que ella nunca podría hacer una cosa así.

Mia vio a Ben de pie en el muelle del complejo cuando el taxi se detuvo tras el barco Parker.

Por traumático que estuviera siendo el día, no pudo evitar sentirse aliviada al verlo allí, esperándolos. Iba a tener que contarle lo que había ocurrido y preferiría decírselo cuanto antes. Aunque primero tendría que hacer algo con su hijo.

Un hijo que pareció encantado momentos después cuando Benedict lo tomó en brazos. Mia no lo culpaba por no querer tener nada que ver con ella en ese momento. Había pasado miedo y probablemente tuviese hambre.

–Ha habido helicópteros por aquí toda la mañana –le dijo Ben cuando el taxi se alejó.

Mia asintió y tragó saliva.

–¿Podemos hablar de ello cuando le haya dado de comer a Jasper? Le prometí que comeríamos en la ciudad, pero ha ocurrido una cosa y hemos tenido que marcharnos antes.

Ben le dirigió una mirada inquisitiva.

–¿Ha ocurrido algo?

–Te lo contaré cuando le haya dado de comer, te lo prometo.

–Muy bien –dijo él mientras colocaba a Jasper sobre sus hombros–, será mejor que vayamos a comer algo, jovencito.

Mia fue consciente de que Ben tenía la mirada puesta en ella mientras preparaba un cuenco con nachos, kétchup y queso fundido para Jasper. Cuando lo hubo sentado en el sofá con su manta, el cuenco de nachos y su DVD favorito en la televisión, supo que era el momento de enfrentarse a la verdad.

–Dime, ¿por qué ha estado todo lleno de helicópteros toda la mañana? –preguntó Ben cuando estuvieron a solas en la cocina.

–Creo que alguien te vio ayer durante tu salida a la ciudad y se han disparado los rumores.

–¿Rumores?

–A Jas y a mí nos han asaltado a la salida del centro comercial a las afueras de Queenstown esta mañana.

–¿Y? –preguntó Ben.

Mia de pronto deseó haber tenido más tiempo

para pensar en lo que decirle a Ben. Lo que sí sabía era que no le contaría lo de las preguntas sobre su paternidad. Eso le daría demasiado poder sobre ella y tendría que admitir que él era el padre. No estaba preparada para hacer eso.

–Alguien les ha dicho lo de nuestra aventura durante tu última visita –contestó–. Me han preguntado si habías venido aquí para reunirte conmigo.

–¿Y qué has contestado?

–Les he dicho que no sabía de qué estaban hablando, claro. Entonces me subí a un taxi y vine aquí.

–Tengo la sensación de que te dejas algo.

–Ya te he dicho lo que ha ocurrido. Ha sido horrible el modo en que nos han acosado. Jas estaba muy nervioso.

–¿Han? ¿Cuántos había?

–Una reportera y un fotógrafo.

–Así que imagino que veremos alguna foto de los dos en un futuro próximo.

–¿Nada más? ¿Eso es todo lo que puedes decir?

–¿Qué más quieres que diga, Mia? A no ser, claro, que ocurriera algo más que no me estás contando.

–No hay nada más que contar. Hemos vivido una mala experiencia que nos ha dejado a los dos alterados. Obviamente los helicópteros estaban tomando fotos aéreas con la esperanza de verte. Aunque no importa lo que yo diga, seguro que se inventarán las historias que mejor les convengan.

–Exacto –dijo Ben–. Hablaré con Andre y nos concentraremos en un programa que me mantenga alejado de la vida pública. Y pospondré por el momento todas las salidas que habíamos planeado. No te preocupes, si conozco a los paparazzi, y he tenido alguna experiencia con ellos, desaparecerán en cuanto se den cuenta de que aquí no hay historia.

Mia asintió, pero en el fondo tenía mucho miedo. Ella también había vivido experiencias con los paparazzi y sabía que, mientras pensaran que iban tras la pista de algo, se mostrarían tan tenaces como un perro con un hueso. Pero sin contarle a Ben toda la verdad sobre lo ocurrido, no podía decirle lo equivocado que estaba en su percepción.

El lunes por la mañana, Elsa se llevó a Jasper a la guardería, pero parecía muy alterada cuando regresó en el barco con Don y, desgraciadamente, un nieto lloroso.

–¿Qué ha sucedido? –preguntó Mia cuando los oyó entrar en casa.

–Ha sido horrible, Mia. Una mujer odiosa se me acercó en el muelle y empezó a seguirnos, haciendo todo tipo de preguntas sobre el señor Del Castillo y sobre ti. Yo ni siquiera le di la hora y finalmente desapareció, pero cuando llegamos a la guardería, había más allí. Reporteros, fotógrafos. El pobre Jasper estaba aterrorizado y he de decir que los otros padres y el personal del centro tampoco parecían muy contentos.

–Tendremos que mantener a Jasper en casa hasta que se olvide –dijo Mia.

–¿Olvidarse? ¿Qué es lo que tiene que olvidarse, Mia? ¿Por qué de pronto este interés por nuestras vidas otra vez? –preguntó su madre.

Mia la miró a los ojos y se dio cuenta de que ya era hora de que compartiera con su madre la verdad sobre Ben y Jasper. Para su tranquilidad, Elsa se tomó la noticia bastante bien.

–¿Y ahora qué? ¿Acaso quiere compartir la custodia? –preguntó.

–No lo sé, mamá. Para ser sincera, ni siquiera le he confesado que es el padre de Jasper. Me da miedo pensar en lo que podría hacer si lo sabe con seguridad.

–Tiene sus derechos, ya lo sabes. No puedes ocultarle la verdad para siempre.

–Lo sé –admitió Mia con un suspiro–. Pero me da miedo hasta dónde pueda intentar hacer uso de esos derechos. No puedo enfrentarme a alguien como él en los tribunales. Proviene de una familia adinerada, y el dinero no sería un problema para él si quisiera tener la custodia de Jas. Ya sabes lo que ocurrirá. Tiene suficiente dinero para que sus abogados localicen a todas las personas a las que conocía antes de quedarme embarazada. Si tienen que salir a declarar, no creo que den una imagen mía de madre perfecta. Y luego está nuestra posición económica. Apenas nos salen las cuentas. No puedo gastarme el dinero en una batalla legal; no después de todo lo que hemos hecho para quedarnos con nuestra casa.

–Cariño, piensa en lo que es importante. No hay manera de mantener la verdad en secreto para siempre. Si esto va a convertirse en una batalla, tienes que afrontarlo de frente. No puedes esconder la cabeza en la tierra. Eso es exactamente lo que hizo su padre, y mira lo que le ocurrió. Todo esto –dijo Elsa señalando el edificio y los terrenos–, sólo son cosas. Si quieres mantener a tu hijo, tendrás que estar preparada para enfrentarte a él.

–Pero, mamá, incluso aunque vendiéramos otra

parte del terreno, o incluso todo el complejo, tendríamos muy poco con lo que trabajar. Para cuando termináramos de pagar el préstamo… –se le quebró la voz al ser consciente de la magnitud de la situación.

–Bueno, decidamos lo que decidamos, lo haremos juntas.

Mia le dirigió a su madre una sonrisa débil, pero en el fondo temía que nada de lo que pudiera hacer llegadas a ese punto podría arreglar las cosas. Incluso aunque pudiera devolver a Ben a isla Sagrado, tendría que devolverle el dinero que ya le había pagado y, si eso ocurría, no podría pagar la siguiente letra de la hipoteca. Se sentía acorralada. Atrapada en su propio hogar.

–¿Te importaría explicarme esto?

Mia levantó la mirada del escritorio cuando Benedict entró sin llamar en su despacho. Sintió un vuelco en el corazón cuando lanzó tres revistas femeninas semanales sobre la mesa. Le temblaba la mano cuando agarró la primera.

Allí en toda su gloria, estaban Jasper y ella en la parada del autobús del centro comercial. A la derecha llamaba la atención un titular que le heló la sangre. ¡El hijo del millonario mediterráneo al descubierto!

Dejó caer la revista como si le hubiera quemado los dedos y, al hacerlo, vio la portada de la siguiente revista, con la foto tomada en el taxi y un titular similar. No le hizo falta ver la siguiente para imaginarse cuál sería su noticia estrella.

–¿No dijiste que pronto perderían el interés? –preguntó Mia.

–Lo que no entiendo es por qué admites que Jasper es hijo mío ante los cotillas de los tabloides, pero sigues negándome la verdad a mí.

–Yo nunca les he dicho nada sobre Jasper y tú. De hecho dije que no tenía nada que decir y que me dejaran en paz.

–¿Entonces de dónde han sacado la información?

–Por lo que yo sé, podrías haber sido tú quien avisó a los medios –contestó ella.

–Por si te has olvidado, una de las cláusulas de nuestro contrato era que me garantizarías intimidad. Esa intimidad ha sido violada, ¿no te parece? Creo que podemos decir que no he tenido nada que ver con esta invasión y me gustaría resaltar que no has cumplido esa parte del trato. A no ser que quieras que rescinda nuestro contrato, así como la segunda parte del pago, te sugiero que prestes atención. Te repito, ¿de dónde han sacado la información?

–Creo que una de mis antiguas amigas podría haber revelado la información sobre nuestra aventura. Estaba invitada a la fiesta en la que nos conocimos. Y en aquel momento me dio la sensación de que ella sabía quién eras, aunque nunca me dijo tu nombre. No le hizo mucha gracia que eligieras pasar el fin de semana conmigo en vez de con ella. Se mueve en los mismos círculos que Jim y Cathy. Ellos podrían haberle mencionado que estabas aquí, o puede que ella misma te viera el viernes y haya alertado a los medios. Es el tipo de persona que no dudaría en emplear cualquier arma para dar una mala imagen de mí.

–Menuda amiga. Espero que le hayan pagado extremadamente bien, porque pienso encargarme de que no gane un centavo más con sus conocimientos.

–¿Cómo diablos vas a hacer eso? –preguntó Mia.
–Todos los que estén implicados en este asunto obtendrán un mandamiento judicial –en ese momento comenzó a sonarle el móvil en el bolsillo. Maldijo en voz baja y contestó en español–: Hola.

Mia vio cómo su cara se iluminaba y su expresión se volvía cálida y amistosa antes de regresar al semblante severo y frío de antes.

–Sí, es cierto. Hablaré contigo en cuanto tenga la confirmación, o si hay alguna novedad.

Ben volvió a hablar en español durante varios minutos, luego puso fin a la llamada y se guardó el teléfono en el bolsillo. A Mia no le gustó la mirada que le dirigió. Sabía que no iba a ser capaz de evadir sus preguntas mucho más tiempo.

–Parece que la noticia ha llegado a mi casa. Era mi hermano, Alex, que quería saber por qué no le había informado de que era tío y de que mi abuelo ahora es bisabuelo.

–Oh, no.

–Oh, sí –respondió Ben sentándose en la silla frente a su mesa. Apoyó los codos en la madera y se inclinó hacia ella–. Ahora quiero que me cuentes todo lo que ocurrió el otro día, desde el momento en el que te bajaste del barco y hasta que te vi regresar.

–Ya es demasiado tarde, ¿verdad? No hay nada que puedas hacer para deshacer esto.

Mia señaló las revistas y se dio cuenta al hacerlo de que la tercera tenía impresa una vieja foto de su padre junto a la de Jasper y ella. Sintió un vuelco en el estómago. ¿Acaso no iban a dejar a su padre descansar en paz?

–No puedo retroceder en el tiempo, Mia. ¡Aunque me encantaría! Pero puedo asegurarme de que no se diga nada más sobre mi familia. Mi abuelo no está bien de salud. Lo último que necesita ahora mismo es algo que aumente sus problemas –se recostó en la silla y la miró fijamente–. Cuéntamelo, y no te dejes nada.

Para cuando Mia le hubo relatado lo ocurrido, Ben estaba dando vueltas de un lado a otro del despacho.

–¿Quieres decir que incluso el taxista os sacó una foto? –preguntó–. Se arrepentirá de haberlo hecho.

Mia se levantó de su silla y le puso una mano en el brazo. Bajo los dedos podía sentir el calor de su piel a través de la seda de su camisa. Intentó ignorar la sensación de cosquilleo que le produjo. Había cosas más importantes en las que pensar.

–Ben, por favor, como tú mismo has dicho, no puedes retroceder en el tiempo. ¿No podemos centrarnos en asegurarnos que no vayan más allá? –le imploró.

–Debería pagar por lo que te ha hecho. Por lo que le ha hecho a Jasper.

–Lo sé, ¿pero no lo entiendes? Si emprendes acciones contra él, incluso aunque emprendas acciones contra Sue, eso sólo empeorará las cosas. Esa gente es así. No creo que pueda pasar por lo mismo otra vez. Ya lo pasé suficientemente mal con mi padre; duró meses y meses. Mi madre se quedará destrozada si vuelve a revivirlo. Acaba de empezar a retomar el control sobre su vida. No puedo permitir que pase por lo mismo una segunda vez. Además, eso hará que la vida para Jasper sea imposible. No puedo hacerlo, Ben. Simplemente no puedo.

Se le quebró la voz al final de la frase y, para su horror, se le llenaron los ojos de lágrimas. Y entonces fue cuando Ben hizo lo último que había pensado que haría. La tomó entre sus brazos y con su apoyo silencioso la instó a dejarse llevar, a renunciar al control. Pensó que sería muy fácil hacerlo, pero entonces dejó de pensar cuando él le puso el índice bajo la barbilla, le levantó la cara y la besó.

# *Capítulo Nueve*

Su sabor invadió sus sentidos y su cuerpo respondió como si estuviera muerto de hambre y necesitase atención física. Le devolvió el beso con toda la frustración y deseo acumulado que había estado padeciendo desde la última vez que se habían tocado. Deslizó las manos por sus hombros y permitió que su cuerpo se acomodara al de él, sentir la fuerza de su pecho. Un ancla robusta en mitad de un mar de miedo y de preocupación.

Hundió los dedos en su pelo y se aferró a él.

Su beso resultaba apasionado y ella deseaba dejarse llevar. Deseaba todo lo que había tenido miedo de desear durante tanto tiempo. Y con ese deseo se dio cuenta del camino tan peligroso por el que deambulaba en aquel momento. Había muchas cosas en juego. Todas las razones por las que nunca se había permitido pensar en el recuerdo de su tiempo con Benedict se le pasaron por la cabeza; sus caricias, su sabor, el placer mutuo. Había sido indescriptiblemente hermoso y sólo había durado treinta y seis horas. Después había irrumpido la realidad con fuerza.

Mia apartó los labios y lo empujó ligeramente con las manos, aunque romper el contacto le produjo un dolor casi físico.

—No, esto no está bien —dijo jadeante—. Esto sólo complica las cosas.

–Claro que está bien. Necesitamos hacer esto, Mia. No podemos resistirnos a lo que hay entre nosotros. Deja que te muestre lo especiales que podemos ser. Déjame estar ahí por ti, protegerte, hacerte el amor.

Mia recuperó toda su fuerza y se apartó de él. El corazón le latía con fuerza en el pecho, como un pájaro atrapado en una red. Así era exactamente como ella se sentía. Atrapada. ¿En qué momento se había complicado tanto su vida? No se había permitido añorar el pasado, añorar el momento en el que su vida era fácil y despreocupada. Era una pérdida de tiempo en su nuevo mundo.

–No, Ben. Incluso aunque lo deseara, ya no soy ese tipo de mujer. Tengo responsabilidades para con mi hijo y mi madre. Tengo que estar al cien por cien. No puedo fallar.

Ben se acercó, le agarró las manos y las presionó contra su pecho.

–Mia, déjame compartir tu carga.

–Tengo miedo.

–¿Miedo de mí?

–¿De ti? No exactamente. Más bien de lo que eres capaz de hacerme.

–Si me dejas entrar en tu vida, no te haré daño.

–Físicamente no. Pero tienes demasiado poder sobre mí. Temo que, si renuncio al poco poder que tengo sobre mi vida, perderé todo aquello por lo que he trabajado. No creo que entiendas lo mucho que eso significa para mí.

–Lo entiendo. Sé lo que es cargar con las expectativas de los demás. Pero también sé que nadie puede hacerlo todo solo.

Se inclinó hacia delante y le dio un beso en la frente.

–Ayúdame entonces, por favor.
Él asintió.
–Primero tenemos que asegurarnos de que Jasper y Elsa no se vean inmersos en todo esto más de lo que ya lo están.

Durante las dos horas siguientes hicieron planes. Para Mia resultó increíblemente fácil no sólo compartir sus responsabilidades, sino renunciar al control a favor de Ben. Tras hablar con Don, que sugirió que Elsa y Jas se quedaran en la granja que su hija tenía a las afueras de Glenorchy, simplemente fue una cuestión de esperar a la oscuridad para poder marcharse. Elsa había protestado en un principio y había dicho que tenía que estar con Mia, pero Ben se había mostrado firme. Y Don también. Al enterarse de lo ocurrido, había mostrado una inesperada determinación por proteger a Elsa y a Jas de cualquier intrusión de los medios. Finalmente Elsa había capitulado. Jas estaba entusiasmado con la idea de poder montar en poni en la granja y Mia tuvo que aguantar las lágrimas al ver que estaba tan contento por irse.

Más tarde vio al barco alejarse por el lago y no pudo aguantar más las lágrimas que habían estado amenazando con salir a la superficie durante todo el día.

Ben le pasó un brazo por los hombros y la condujo de vuelta al hotel.

–Tengo que ir a mi apartamento –dijo ella.

–No deberías estar sola –respondió él–. Quédate conmigo esta noche.

–¿Quedarme contigo?

–No te obligaré a hacer nada que no desees hacer, Mia. Te lo prometo.

Mia dejó que le agarrara la mano. Pocos minutos más tarde estaban en su suite. Su presencia era sorprendentemente tranquilizadora y Mia sintió que la tensión de su cuerpo empezaba a aliviarse.

–Estarán bien, ¿verdad? –preguntó.

–Don me ha dicho que llamará cuando hayan llegado y estén instalados. La casa de su hija está muy aislada y estoy seguro de que nadie los habrá seguido. Confía en mí, Mia. Haré todo lo que esté en mi poder para que Jasper esté a salvo, y tu madre también.

–Lo sé –susurró ella.

Ben seguía agarrándole la mano. Tenía los dedos entrelazados con los suyos, y resultaban cálidos y fuertes, como un vínculo que no podía seguir ignorando. Lo miró a la cara, a la cara que había habitado en sus sueños durante los últimos tres años y medio, y supo que tenía que ser sincera con él.

–Jasper es hijo tuyo –dijo con voz suave, apenas audible.

Un brillo casi feroz apareció en la mirada de Ben antes de que cerrara los ojos por un momento y echara la cabeza ligeramente hacia atrás. Cuando los abrió de nuevo y la miró, Mia vio la emoción desgarrada que allí había.

–Gracias –dijo, agachó la cabeza y le dio un beso que no se parecía a nada de lo que hubiesen compartido antes.

Su boca resultaba casi insoportablemente tierna mientras la besaba, absorbiendo su esencia como si ella fuera el néctar más preciado. Le rodeó la cara con las manos haciéndole sentir que era la cosa más preciada del universo para él. Su corazón solitario se partió en dos mientras aceptaba todo lo que él le ofrecía. Mia le rodeó la cintura con los brazos y deslizó las manos por su espalda, como si tuviera miedo de soltarse y quedar a la deriva. Para volver a estar sola de nuevo.

Ben se apartó ligeramente de ella y apoyó la frente en la suya.

–¿Qué vamos a hacer ahora? –preguntó Mia, casi temerosa de la respuesta que le daría–. ¿Qué quieres hacer con Jasper?

–Ha sido un día duro y ambos tenemos mucho en lo que pensar. Podremos hablarlo más tarde. Además, ahora mismo, estoy seguro de que necesitas descansar. Quédate en la suite principal. Yo iré a dormir a la habitación de invitados.

Mia negó con la cabeza.

–No, no puedo echarte de tu cama. ¿No quieres al menos compartirla conmigo?

–Mia, sólo soy un hombre. Un hombre que se siente terriblemente atraído por ti. No puedo decir que pueda dormir contigo y no desear hacerte el amor.

Ella le puso un dedo en los labios y lo miró solemnemente a los ojos.

–Entonces hazme el amor, Ben, por favor.

Él no respondió, simplemente le dio la mano y la guió hacia su dormitorio. Mia sentía escalofríos por el cuerpo; una mezcla de miedo y anticipación. Ya no había marcha atrás.


Ben no podía creerse que finalmente se hubiese abierto a él. Incluso aunque la tuviese delante, temía que pudiese huir en cualquier momento.

Agarró su chaqueta y la deslizó lentamente sobre

sus hombros. Bajo las manos sentía los temblores que recorrían su cuerpo. ¿Sería por nervios o por deseo? Tal vez una mezcla de ambas cosas. Intentó controlar sus ansias de precipitarse. De desnudarse y poseerla con la pasión que había ido aumentando en su interior desde que llegara allí; el mismo nivel de pasión que había yacido semidormido desde que saliera de la cama y tomara el vuelo de vuelta a casa años atrás. Ella era como una droga en su organismo. Una vez que la había probado, la desearía siempre.

Pero había esperado demasiado tiempo aquel reencuentro. Podía controlar su deseo y cubrirla de las caricias que tanto parecía necesitar. No sería difícil tomarse su tiempo. Algunas cosas era mejor saborearlas.

Le dirigió una sonrisa cuando dejó caer la chaqueta al suelo. Detrás fue la blusa. Aunque su suspiro cuando los nudillos rozaron la curva de sus pechos mientras le desabrochaba los botones estuvieron a punto de acabar con el poco control que le quedaba.

Ben cerró los ojos un momento y tomó aliento antes de volver a abrirlos y disfrutar con la visión de su piel.

–Eres exquisita –murmuró mientras deslizaba las yemas de los dedos por una vena azul hasta que desapareció bajo el tejido del sujetador.

Agachó la cabeza y recorrió el camino del dedo con la lengua. El aroma de su piel se le metió por la nariz y lo instó a respirar profundamente. Le puso las manos en el botón de la cintura, lo desabrochó y después le bajó la cremallera. Sus bragas cayeron al suelo y Ben la ayudó mientras ella se las quitaba al mismo tiempo que los zapatos.

Se tomó unos segundos para contemplar su cuerpo, sus curvas femeninas, los secretos ocultos bajo el encaje blanco de su lencería. La sangre le palpitaba en la ingle y le enviaba un mensaje muy antiguo al cerebro.

Suya. Era toda suya.

Estiró los brazos hacia las horquillas de su pelo y sonrió de nuevo cuando la melena cayó libre sobre sus hombros. Había estado increíblemente guapa la primera vez que la vio, pero había una luminiscencia en ella ahora que resultaba mucho más atractiva.

Mia dio un paso hacia delante. Estaba tan cerca que Ben podía sentir el calor a través de la barrera de su camisa. Entonces ella le puso las manos en la ropa, pero le temblaban tanto que apenas pudo desabrocharle los botones de la camisa. Él le agarró las manos y tiró hasta que los botones volaron por el aire. Le llevó sólo unos segundos librarse de los zapatos, quitarse el cinturón y bajarse los pantalones.

Por un instante se detuvo, reticente a dejar que viera sus cicatrices, a que las tocara, pero entonces ella le puso una mano en los calzoncillos y la otra en el cuello para besarlo. Entonces el último vestigio de inseguridad desapareció de su mente.

Devoró sus labios con un beso que estuvo a punto de hacerle perder el control allí mismo. De hecho, cuando deslizó las yemas de los dedos por encima de sus calzoncillos, Ben no pudo evitar gemir y hundir las manos en su pelo para darle pleno acceso a su boca, a su rostro, a su cuello. La llevó hacia la cama hasta que cayó sobre el colchón. Se tumbó sobre ella y el contacto con su piel fue una sensación que había subestimado por completo. Cada terminación nerviosa de su cuerpo se activó, sensible a todas sus caricias.

Ben introdujo la mano entre ambos y la acarició a

través de las bragas. Ella arqueó las caderas hacia arriba para incrementar la presión de sus dedos. Ya estaba húmeda de deseo y aquella certeza le hizo sentir más fuerte de lo que se había sentido en su vida.

–He estado soñando con volver a estar contigo. Una y otra vez hasta que empecé a temer que estuviera loco, obsesionado contigo –le dijo con voz temblorosa.

–Yo también he soñado contigo. Demasiadas veces como para llevar la cuenta. Pero esto, tocarte y sentirte, es mucho mejor que cualquier sueño, y mucho mejor de lo que recordaba.

Ben introdujo los dedos bajo el elástico de sus bragas y jugueteó con el vello que protegía su suavidad interior.

–Oh, sí –susurró–. Es mucho mejor.

Deslizó un dedo por su zona más húmeda, arriba y abajo, arriba y abajo, hasta que ella se retorció.

–Más, Ben, por favor.

Él sonrió y le cubrió de besos el vientre.

–¿Quieres más? –preguntó.

Ella asintió; sus ojos eran como dos lagunas verdes y brillantes en su hermoso rostro. Mientras la miraba, introdujo el dedo en su interior y sintió que sus músculos se tensaban al instante.

–¿Así? –preguntó de nuevo.

–Más. Te deseo, Ben. Todo tu cuerpo.

–Aún no –contestó Ben.

Deslizó otro dedo en su interior, acariciándola suavemente. Mia echó la cabeza hacia atrás sobre la cama, cerró los ojos y por fin se entregó a las sensaciones que despertaba en ella. Sabiendo que toda su concentración estaba puesta en lo que estaba haciéndole,

Ben colocó la boca sobre su pubis y la saboreó a través del tejido de sus bragas mientras oía sus gemidos de placer desinhibido.

Sopló contra el tejido y después presionó otro dedo contra ella. Mia se arqueó para incrementar la presión de su boca y de sus dedos. Él le apartó las bragas y colocó la boca sobre la parte que sabía que la volvería loca. Acarició su clítoris con la lengua y sintió cómo se estremecía, cómo sus músculos internos se tensaban alrededor de sus dedos y los apretaban con fuerza. Deslizó y giró la lengua alternativamente, primero despacio, luego más deprisa, y sintió que su cuerpo se tensaba a medida que se aproximaba al orgasmo, pero sin permitirle alcanzarlo, negándole lo que prácticamente estaba rogándole.

La mantuvo así todo el tiempo que pudo aguantar, disfrutando de los sonidos que hacía, sabiendo que tenía el poder de volverla loca. Era el momento de sobrepasar el límite. Cerró los labios sobre su clítoris y succionó con fuerza hasta que, con un grito agudo, ella se retorció y las sacudidas de placer inundaron su cuerpo. Ben se giró sobre la cama y se quitó los calzoncillos rápidamente antes de terminar de desnudar a Mia. Cuando la poseyera no quería que hubiese nada entre ellos. Nada en absoluto.

Sus pechos quedaron libres y Ben pudo ver las ligeras líneas brillantes que eran la señal de la maternidad. En todo caso las marcas servían para desearla más aún. Ben se sentía más asombrado aún por lo que había conseguido ella sola.

Se colocó entre sus piernas.

–Mírame, Mia –le dijo.

Ella abrió los ojos y Ben vio el brillo de satisfacción

que nublaba su visión. Comenzó a penetrarla lentamente, primero sólo con la cabeza de su miembro a través de sus labios internos. Ella entornó los párpados.

Ben terminó de hundirse en ella y estuvo a punto de alcanzar el clímax de inmediato. Mia le rodeó las caderas con las piernas para aferrarlo a ella. A él le temblaban las piernas mientras intentaba contener su orgasmo, aguantar todo lo posible antes de perderse por completo en ella, pero Mia comenzó a moverse bajo su cuerpo con una sonrisa en la boca.

Su sonrisa fue su perdición. Estaba decidido a tomárselo con calma, a darle tiempo para recuperarse antes de volver a provocarle otro clímax. Pero en cambio no fue lo suficientemente fuerte para aguantar un segundo más. La embistió con fuerza y ella recibió sus embestidas hasta que todas las células de su cuerpo explotaron en un mar de placer.

Ella volvió a gritar y, a través de su placer, Ben sintió que se unía a él en el clímax. Finalmente se dejó caer sobre ella, luego giró hacia un lado y la acurrucó contra su cuerpo. Tenía razón. Estar con Mia de nuevo había derribado las barreras que le habían dejado inservible después del accidente. Ella lo había sacado de la oscuridad y le había hecho sentirse casi entero de nuevo.

Benedict le acarició el cuello con la nariz y Mia disfrutó del contacto. El cuerpo aún le ardía tras las sacudidas de placer. Lo que tenían era increíble; no se parecía a nada de lo que hubiera compartido con nadie más. Su conexión en la cama era insuperable, y no pudo evitar sentirse un poco triste al pensar que, fuera de la cama, lo único que parecían ser capaces de hacer era discutir.

—Te das cuenta de que esto cambia las cosas ahora, ¿verdad? —preguntó él.

—¿Cambia las cosas? ¿Por qué?

—Ahora que sé que Jasper es hijo mío, quiero formar parte de su vida. Soy su padre. Tiene otra familia que merece conocerlo también. Mi abuelo, mis hermanos. Tiene un mundo entero esperándolo en isla Sagrado.

Un escalofrío recorrió el cuerpo de Mia. Agarró la sábana, que yacía enredada en sus pies, y se envolvió con ella, desesperada por tener algún tipo de escudo. Se levantó de la cama y agarró la sábana con fuerza alrededor de su cuerpo.

—¿Vas a quitármelo?

—Ésa no sería la solución ideal.

«Pero es una opción», pareció añadir en silencio.

—¿Entonces cuál es la solución?

Ben se levantó de la cama y se acercó a donde había dejado sus pantalones. Metió los pies en las perneras y se los puso. De nuevo la mirada de Mia se vio arrastrada a la cicatriz que serpenteaba por su abdomen. Había estado a punto de morir. De nuevo aquella certeza la golpeó como un mazo, y con ella la realidad de que sus sentimientos hacia él habían cambiado para siempre, irremediablemente. La certeza de que ahora era más importante para ella de lo que había creído posible. Intentó alejar esos pensamientos de su mente, de su corazón, pero fracasó estrepitosamente.

Sintió que le faltaba la respiración y volvió a sentarse al borde de la cama. ¿Cuánto más podría empeorar aquello?

Ben se acercó y se sentó a su lado.

–Yo puedo hacer que todos tus problemas desaparezcan, Mia. La prensa, las presiones financieras. Todo. Pero primero quiero que accedas a ciertas cosas.

La idea de permitirle hacerse cargo de la situación decadente en que se estaba convirtiendo su vida era casi tan atractiva como la sensación de su aliento contra su cuello. Pero se recordó a sí misma que un hombre como Benedict tendría alguna condición a cambio de la cual accedería a solucionar sus problemas, y tenía idea de cuál sería esa condición.

Se tomó unos segundos para pensarlo. A cambio de que resolviera sus problemas, tendría acceso indiscutible a Jasper. Pocos días antes habría rechazado la idea sin dudarlo, pero todo había cambiado desde entonces. Se daba cuenta de que había prejuzgado a Ben. Sí era capaz de ser un buen padre, un hombre del que Jasper pudiera depender.

–Cualquier cosa –dijo al fin–. Accederé a cualquier cosa.

–Primero, quiero que Jasper pase una prueba de paternidad. No es invasiva y los resultados son inmediatos.

–No tengo ningún problema con eso –dijo Mia.

–Mi segunda condición depende de la primera. Cuando tengamos pruebas médicas y legales de que Jasper es hijo mío, nos casaremos y regresaremos a isla Sagrado. Es mi hogar y debería ser el hogar de Jasper también.

–¡No!

–No me parece algo tan imposible –dijo él–. Hace un segundo has accedido a mis condiciones, y estoy dispuesto a ser generoso contigo; darte mi protección, mi apellido y mi hogar. Te doy la oportunidad de alejarte del escándalo y de los recuerdos infelices que tienes aquí. La oportunidad de ver crecer a tu hijo en un entorno seguro y saludable. No me gustaría verme obligado a reclamar mi paternidad por medios legales, Mia. Si tal cosa ocurriera, pediría la custodia completa y te echaría encima a los mejores abogados para reclamar mi derecho como padre de Jasper. Y ganaría. Puedes estar segura de eso.

# *Capítulo Diez*

–¿Por qué? ¿Por qué ibas a hacerle eso? ¿Por qué serías tan cruel como para apartarlo del único hogar que ha conocido, de la única familia que siempre ha tenido?

Ben suspiró y se levantó de la cama antes de atravesar la habitación para situarse frente a la ventana. Tenía los hombros estirados y la columna igualmente rígida.

–Tiene otra familia, mi familia. Somos los últimos de una estirpe que agoniza, lo que le convierte en una persona muy preciada. Es una señal de esperanza para el futuro.

–Me parece que ésa es demasiada presión para poner en un niño pequeño, Ben. Me dijiste que tienes hermanos; a mí no me parece una estirpe que agonice. ¿No estás siendo irrealista con la importancia de Jasper? –le preguntó ella.

–No, según la maldición.

–¿La maldición?

–Deja que te lo explique. Hace trescientos años, uno de mis antepasados tuvo una amante; la institutriz a la que había contratado para educar a sus hijas. Con el tiempo, le dio tres hijos; hijos que él necesitaba para continuar con el apellido familiar, sobre todo porque su esposa le había dado tres hijas. Él educó a los chicos como si fueran legítimos. Cuando su esposa murió, su amante dio por hecho que se casaría con ella. Después de todo, él ya le había regalado La Verdad del Corazón, un collar de rubíes que tradicionalmente se daba como regalo de compromiso a una futura esposa Del Castillo. Pero él decidió casarse con otra y, el día de la boda, la amante se presentó en la celebración y lo acusó ante todos los presentes de haberle robado a sus hijos. Mi antepasado dijo que estaba loca y ordenó que se la llevaran. Las historias cuentan que ella les imploró a sus hijos que fueran fieles a su verdadera madre, pero se mantuvieron al lado de su padre y le dijeron que su verdadera madre estaba muerta. Antes de que los guardias pudieran expulsarla del banquete, la institutriz lanzó una maldición a la familia Del Castillo y juró que, si en nueve generaciones no aprendíamos a vivir nuestra vida mediante el lema familiar del honor, la verdad y el amor, cada rama de la familia acabaría muriendo. Los guardias se la llevaron, pero se escapó y saltó por un acantilado y se estrelló contra las rocas del fondo. Antes de caer, se arrancó el collar del cuello y lo lanzó al océano gritando que sólo cuando se rompiera la maldición podría regresar la joya a la familia. Recuperaron su cuerpo, pero nunca encontraron el collar.

Mia se quedó callada. Ben no podía creerse todo aquello. Era ridículo.

–¿Y tus hermanos y tú creéis en esa maldición?

–No, no creíamos. Pero nuestro abuelo sí cree y es por él por el que accedimos a casarnos y a formar familias para que sus últimos años fueran felices y estuviera rodeado de los bisnietos que puedan demostrarle que no estamos malditos.

–Y aquí estás tú, con una familia ya formada –Mia

no pudo disimular la amargura que se filtraba de sus palabras.

–Mia, esto no es algo que haya elegido yo. Mis hermanos y yo hicimos un pacto de honor los unos con los otros, y juramos mantenerlo. Puede que a ti te suene arcaico, pero Alex y Reynald ya han dado los primeros pasos para hacer feliz a nuestro abuelo. Ahora depende de mí.

–¿Pero por qué tiene que ser Jasper? ¿Por qué no puedes casarte con otra mujer y formar una familia con ella?

Ben se apartó de la ventana y la miró antes de responder.

–Porque ya no puedo tener hijos.

Mia ni siquiera cuestionó la veracidad de su declaración; podía verlo en sus ojos.

–¿Por el accidente? ¿Las lesiones? ¿Ésa es la razón? Él asintió.

De pronto todo cobró sentido. Por eso se había mostrado tan convencido de que Jasper era hijo suyo, por eso quería que ella lo admitiese a toda costa, y por eso había insistido en que se le realizara una prueba de paternidad para estar completamente seguro de que el niño era suyo.

Pero aun así no podía evitar sentir que Jas no era más que una herramienta en todo aquello. A ella no le parecía bien. No había hablado de amor, ni hacia Jasper ni hacia ella. ¿Cómo iba a aceptar que su hijo se marchase a un mundo que no conocía, que tuviese la vida planeada por un hombre que ni siquiera lo quería?

¿Pero qué otra cosa podía hacer? Ben tenía poder económico sobre ella.

–¿Tenemos que vivir en isla Sagrado? –preguntó.

–Es mi hogar y el hogar de mi familia. Mi negocio está allí, así como el resto de cosas que me son preciadas.

–¿Y qué hay de mi hogar, de mi familia, de mi negocio? Aquí es donde nació Jasper. El Complejo Parker también es parte de su herencia.

–Podemos contratar a un administrador para que se haga cargo. Estoy seguro de que mediante Internet y el teléfono podrás mantener el control sobre el lugar. Si deseas continuar con tu terapia de masajes, no me cabe duda de que Alex considerará tus habilidades como un gran reclamo en las instalaciones que nuestra familia tiene en la isla. En cuanto a lo que queda de tu familia, Elsa podrá instalarse con nosotros. De hecho, lo preferiría porque sé que te preocuparía estar en extremos opuestos del mundo.

–Qué generoso por tu parte –respondió Mia sarcásticamente.

–Muy generoso por mi parte, Mia, deberías recordarlo. No sufrirás por esto, te lo prometo. Y las veces que regresemos a Nueva Zelanda, tendrás el anonimato y la privacidad que el dinero puede comprar. Ten en cuenta que estoy dándote todos los incentivos para hacer esto de la manera correcta, pero, si no lo haces, apelaré a la cláusula de nuestro contrato actual en la que se estipula que me devolverás todo el dinero si no se satisfacen los términos a los que llegamos. Supongo que lo que ha estado ocurriendo aquí es una prueba irrefutable de que llevas las de perder, Mia.

No había otra opción. Bajo unas circunstancias sobre las que no tenía ningún control, se veía obligada a aceptar sus exigencias. Mia se envolvió en la sábana con más fuerza y se puso de pie frente a él, con la barbilla levantada y los ojos libres de lágrimas que lloraría en privado.

–De acuerdo, haré lo que tú digas. Pero sólo porque no me das otra opción.

A Mia le sorprendió y le horrorizó la velocidad con la que se llevó a cabo la prueba de paternidad y enviaron los resultados al Complejo Parker. Los resultaron sólo demostraron lo que ella ya sabía, pero Benedict se vio invadido por una energía intensa cuando recibió la noticia.

Nada más obtener las pruebas, Ben debió de emprender acciones contra la prensa, porque los medios habían desaparecido lentamente del lado cercano a la propiedad. Ni siquiera durante el viaje a Queenstown se veía a ninguno. Fuese cual fuese el poder y el dinero que Ben había invertido en la situación, debía de haber sido impresionante, porque Jas y Elsa habían podido volver a ir a la guardería. Incluso Mia podía hacer sus negocios ocasionales en la ciudad sin que nadie la señalara.

Y luego estaba la boda. La reacción entusiasta inicial de Elsa ante la noticia estaba cargada de preocupaciones, sobre todo cuando el vacío en la mirada de su hija le había hecho preguntarle si estaba segura de que estaba haciendo lo correcto.

–Estoy haciendo lo único que se puede hacer, mamá –dijo Mia mientras miraba su reflejo en el espejo del dormitorio de su madre–. Jasper merece conocer a su padre, y Ben insistió en que fuese según estos términos.

La mujer que le devolvía el reflejo era una desconocida con aquel vestido de boda de los años veinte que llevaba generaciones en la familia de su madre. No era tan impactante como una maldición de trescientos años de antigüedad, pensó Mia cínicamente, pero aun así llevaba consigo el peso de los sueños y las esperanzas de muchas novias que, según la historia familiar, se habían casado por amor.

–Bueno, si estás segura, pero a mí me parece que os estáis precipitando –respondió su madre con alfileres en la boca mientras marcaba los lados del vestido que había que arreglar–. Yo siempre he defendido que la pareja ha de compartir las responsabilidades del niño, pero normalmente han tenido tiempo de conocerse primero. Ben y tú no podéis decir que os conozcáis en absoluto, ¿verdad?

¿Conocerlo? Lo conocía en el sentido bíblico, nada más. Sus músculos internos se tensaron ante el torrente de deseo que recorrió su cuerpo al pensar en el sexo con él.

–Estoy segura, mamá. Es lo mejor.

–Para todos los demás, sí, ¿pero es lo mejor para ti?

Mia se obligó a sonreír.

–¿Por qué no iba a serlo? Es guapo, rico y, sobre todo, es el padre de Jasper.

–¿Pero te quiere?

–No me odia, que ya es un principio, ¿no?

–Sólo creo que este matrimonio es un poco precipitado. ¿No podéis tomaros un poco más de tiempo?

–Mamá, Ben tiene que volver a isla Sagrado a final de mes. Tenía sentido celebrar la boda ahora y no más tarde. Al menos la celebraremos aquí, en casa.

–Bueno, ésa es otra. ¿No te parece extraño que no

venga nadie de su familia a la boda? Creí que habías dicho que estaban muy unidos.

–Celebraremos otra ceremonia allí. ¿Te dije que tienen su propia capilla en su propio castillo? –Mia intentó cambiar de tema, pero no lo consiguió del todo.

–Te quiero, cariño. Sólo quiero que seas feliz. Has sacrificado muchas cosas durante demasiado tiempo. Ojalá no sintiera que estás haciendo lo mismo al casarte con Ben –le dio un beso en la frente y después la soltó–. De acuerdo entonces. Será mejor que te quites el vestido para que pueda hacerle los arreglos y pueda estar listo para el viernes por la noche.

El viernes por la noche. Llegaría enseguida. A Mia le había sorprendido lo deprisa que podía pedirse una licencia matrimonial en Nueva Zelanda. A pesar de las prisas, Elsa había insistido en que todo se hiciera correctamente, y eso significaba que Mia llevaría el vestido que había pertenecido originariamente a la abuela de Elsa.

Ben y ella habían convenido que querían que sólo su madre y Andre fuesen los testigos de la ceremonia. Al menos así, en lo que a Mia concernía, todo aquello no parecería demasiado real.


Mia trató de controlar el escuadrón de mariposas que habían echado a volar en su estómago mientras esperaba frente al viejo salón de baile, que ahora era el comedor principal del hotel. Dentro, esperando junto a la ventana que daba a los jardines y al lago, estaba el hombre por el que había perdido el corazón. El corazón y su vida entera.

Agarró el ramo de rosas y le hizo una señal al

miembro del servicio para que abriera las puertas dobles. Aunque no era algo inmenso, el salón de pronto le pareció mucho más grande de lo que recordaba. El pasillo que había sido creado entre las mesas estaba cubierto de pétalos de rosas y rodeado de velas sobre pedestales altos.

Era un escenario de cuento de hadas para el tipo de boda que siempre había deseado, y sin embargo le parecía que estaba mal. Su padre debería haber caminado a su lado, y la sala debería haber estado llena de amigos y conocidos. Debería haber sido una celebración alegre del amor mutuo que duraría siempre.

Mia cerró los ojos para olvidar los sueños que una vez había tenido. Cuando los abrió, se encontró con la mirada de Ben al final del pasillo. Esperándola. Oscuro y sombrío con un esmoquin, alto y orgulloso; cada parte de su herencia hispano-francesa visible en su porte.

Mia vaciló en el umbral. Lo amaba lo suficiente como para que una parte de ella deseara realmente casarse con él. Pero al dar ese paso, estaría renunciando a todo lo demás. A su hogar. A su pasado. A la vida que se había construido allí. Todo a cambio de un hombre que no había dado señales de corresponder su amor. Cada partícula de su cuerpo se heló mientras su instinto le decía que saliese huyendo. ¿Pero dónde podía ir? No tenía ninguna otra opción. Dio un paso tras otro hacia delante, al ritmo de la música que sonaba por el equipo de sonido. Elsa estaba a la izquierda del altar improvisado, de la mano con Jasper, que estaba subido a una silla y observaba el evento con gran interés. Mia se sorprendió al ver a Don de pie junto a su madre, muy guapo con su traje oscuro.

Mia estaba a pocos pasos del altar cuando Ben se

acercó a ella y le dio la mano para acompañarla el resto del camino hasta el sacerdote que conduciría la breve ceremonia que la ataría a Benedict del Castillo para siempre.

De pronto un escalofrío inesperado recorrió su cuerpo. Un escalofrío de anticipación cargado de esperanza. Ella ya lo amaba. No era imposible creer que él pudiera llegar a amarla a ella también. Sonrió al mirar a su madre y enviarle un mensaje silencioso de que todo iría bien. Supo que Elsa lo había entendido cuando asintió y le devolvió la sonrisa.

La ceremonia fue sencilla, sin las florituras de un matrimonio basado en el amor mutuo. Aun así, cuando Ben prometió honrarla y respetarla todos los días de su vida, un sentimiento de permanencia se coló dentro de ella y le elevó ligeramente el espíritu. Cuando el sacerdote los declaró marido y mujer, Ben dio un paso hacia delante para besarla y, mientras ella se perdía en sus caricias, se permitió dejarse imbuir de la sensación de que aquello estaba bien.

Para cuando Ben y ella se acercaron a firmar el certificado matrimonial y completar los trámites legales, Mia ya casi se había convencido de que se sentía feliz por primera vez en mucho tiempo.

Sus empleados habían preparado una comida de tres platos para que la tomaran en el restaurante tras la ceremonia, y para cuando hubieron terminado el último plato, Mia deseaba pasar tiempo a solas con su marido. Se había mostrado atento durante la cena, pero también le había dado a Jasper la atención que merecía. Cuando Elsa sugirió que era el momento de que Jas se fuese a la cama y de que los recién casados se quedaran solos, Mia sintió un vuelco en el corazón.

Ben apenas la había tocado desde que hicieran el amor casi dos semanas antes. Probablemente ésa fuese una de las razones por las que Elsa estaba preocupada de que Mia estuviese o no haciendo lo correcto; su falta de conexión visible como pareja. Por suerte, algo sobre lo que Elsa no tenía que preocuparse era la relación entre Jasper y Ben. Mia ya veía los aspectos positivos de que Jasper tuviera una figura paterna en su vida.

El niño se había adaptado a la presencia de Ben y pedía su compañía todo el tiempo. Ben trataba a Jasper con paciencia y con cariño, ocupando su papel de padre como si hubiera estado allí desde el principio. Mia estaba encantada de ver su relación, pero eso le hacía ser más consciente de la distancia que aún existía entre Ben y ella. Pero no podía permitirse pensar en ello.

Había otro aspecto del matrimonio en el que tenía que concentrarse. La noche de bodas. Había pensado mucho en aquello durante los últimos días. Se había visto obligada a examinar sus propios sentimientos hacia el hombre con el que había accedido a casarse. Si iban a casarse para darle un ejemplo a su hijo, tendría que haber comunicación entre ellos. Aquel matrimonio tenía que funcionar. Contra todo pronóstico, quería ser capaz de creer que algún día su marido podría enamorarse de ella también. Porque, si no lo hacía, ¿qué diablos estaba haciendo al renunciar a todo aquello por lo que había trabajado?

# *Capítulo Once*

Tras darle las buenas noches a todo el mundo, caminaron del brazo hacia la suite de Ben. Una vez dentro, Mia se sintió extraña. ¿Y si Ben no quería que su matrimonio fuese normal? No habían hablado de lo que sucedería después de la ceremonia. Tragó saliva para aliviar la sequedad de la garganta y buscó algo que decir.

–Todo ha ido bastante bien, ¿no te parece?

–Por supuesto –respondió Ben mientras se quitaba la chaqueta y los gemelos de la camisa–. ¿Esperabas otra cosa?

–No, la verdad es que no. Tengo unos buenos empleados. Cuando se enteraron de que nos casábamos, no tuve que mover un solo dedo. Entre mi madre y ellos se encargaron de todo a la perfección.

Ben se aflojó la corbata y la lanzó sobre una silla.

–De hecho, me parece que tú eres la que estaba perfecta esta noche –dijo con voz profunda–. Eres realmente hermosa.

Mia sintió el calor extendiéndose por su cuerpo al oír sus palabras. Agachó la cabeza avergonzada, pero sintió sus dedos en la barbilla mientras le levantaba la cabeza para mirarla.

Ben agachó la cabeza para besarla y Mia se encontró con él a medio camino, con un sonido de satisfacción cuando sus labios se encontraron y él la rodeó con los brazos y la presionó contra sus caderas para dejar claro que su deseo por ella era tan palpable como el de ella por él. Apartó los labios y la miró con fuego en los ojos que Mia sabía que era un reflejo de los suyos.

–No querría romper ese bonito vestido que llevas. Deja que te ayude a quitártelo antes de que pierda el control.

Mia se dio la vuelta lentamente y señaló por encima del hombro la hilera de cuentas de perlas que se deslizaban por su espalda. Sonrió al oír su gemido de frustración.

–Supongo que es mucho pedir que sean sólo un adorno que oculta una cremallera debajo.

Mia se carcajeó.

–Sí, es mucho pedir. Creo que las cremalleras no se hicieron populares en la ropa de las mujeres hasta al menos diez años después de que se hiciera este vestido.

–¿Y nadie se le ha ocurrido modernizar la prenda en todo este tiempo? –masculló él mientras intentaba soltarle los botones.

Mia volvió a reírse y después suspiró al sentir sus dedos sobre su piel desnuda.

–Ah, ahora entiendo el principio –murmuró Ben–. Es para atormentarte a ti, no a mí.

Mia se quedó sin respiración al sentir sus labios donde habían estado sus dedos segundos antes.

–Creo que ya puedo quitármelo –dijo ella, de pronto desesperada por desvestirse cuanto antes.

–¿Qué? ¿Y estropear la diversión? Me parece que no.

Parecía que se movía más despacio que antes, prolongando la espera hasta que pudiera liberarla del vestido. Cuando sus manos finalmente tocaron sus hombros y le quitaron el vestido, Mia estuvo a punto de llorar de alivio. Salió del vestido, se quitó los zapatos y se quedó frente a él, sólo con las bragas de satén rosas y las medias del mismo tono.

–Te deseo –dijo Ben mientras se acercaba y acariciaba sus pechos desnudos. Agachó la cabeza y le dio un beso en el punto en el que el hombro y el cuello se juntaban.

–Yo también te deseo –susurró ella, y ladeó la cabeza para permitirle un mejor acceso y disfrutar de las sacudidas de placer que recorrían su cuerpo al sentir su lengua ardiente sobre la piel.

En esa ocasión fue ella la que le dio la mano y lo guió al dormitorio. Fue ella la que lo desvistió con rapidez y después dio un paso atrás para contemplar en silencio su cuerpo desnudo; sus músculos definidos, su piel suave, su pelo sedoso y su erección palpitante, emergente entre el bosque de vello oscuro situado en la cumbre de sus muslos.

Mia deslizó los dedos sobre sus hombros, hasta sus brazos, y de nuevo hacia arriba, antes de recorrer su pecho, pasar sobre sus costillas y bajar hacia las cicatrices que evidenciaban el daño que había sufrido. Ben le agarró las manos y las subió de nuevo a su pecho antes de besarla mientras caminaban hacia la cama.

Ben bajó los brazos, deslizó las manos por debajo del elástico de sus bragas y comenzó a bajárselas por las caderas mientras le acariciaba los muslos con los dedos. Luego se arrodilló sobre su rodilla buena y le bajó las medias mientras iba cubriéndole de besos la piel de la cara interna de los muslos.

A Mia le temblaban las piernas y todo su cuerpo se arqueó hacia él. Ben se incorporó frotando su cuerpo contra ella. Presionó la erección contra su abdomen, la estrechó entre sus brazos y se lanzó con ella sobre la cama. Sus piernas se enredaron instintivamente, sus manos se acariciaron mutuamente mientras con los labios se devoraban a besos húmedos y calientes que Mia deseaba que no acabaran nunca.

Le encantaban sus caricias, le encantaba que fuese suyo para poder tocarlo cuando quisiera. Colocó las rodillas a ambos lados de sus caderas y apartó el torso del suyo para poder disfrutarlo mejor con las manos. Aquello era distinto a cuando le había dado masajes. Aquello era personal; divertido y maravilloso al mismo tiempo.

Entre las piernas podía sentir la rigidez de su erección. Ben se restregó contra ella y Mia tuvo que luchar contra la necesidad de rendirse a sus demandas silenciosas. Primero quería explorarlo un poco más; familiarizarse otra vez con las cosas que le volvían loco.

Colocó los labios suavemente sobre uno de sus pezones y comenzó a mover la lengua en espiral hasta llegar a la punta erecta. Sus propios pezones se endurecieron ante su respuesta.

Con los dedos dibujó una línea similar en el otro pezón antes de deslizar la mano por las costillas. Sintió bajo sus caricias que se tensaba cuando los dedos se acercaron a las cicatrices.

–¿Qué sucede? –susurró–. ¿Te duele? Creí que no te importaba que te tocara ahí.

–No lo hagas, ¿de acuerdo? No quiero que me lo recuerdes. Ahora no.

–Ben, tus cicatrices forman parte de ti y no me asustan ni me repelen. ¿Quieres hablar de ello? ¿Del accidente?

–¿Qué? ¿Quieres consolarme ahora? Creo que me gustaba más cuando estábamos haciendo el amor –dijo Ben, e intentó distraerla al tumbarla boca arriba y aprisionarle las manos a ambos lados.

La cubrió con su cuerpo y la rodeó con su calor. Y cuando se agachó para estimular sus pezones con la lengua como había hecho ella, Mia estuvo a punto de perder la razón. Pero había cierto tono en la voz de Ben que le había llegado al corazón. Se abrió paso a través de la niebla del deseo.

–¿Ben, por qué no quieres hablar de ello? Por favor, sólo deseo conocerte mejor, comprenderte. Ahora estamos casados. Como marido y mujer tenemos que ser capaces de hablar sobre cualquier cosa.

Ben se apartó de ella y se levantó de la cama.

–Creí que ésta era nuestra noche de bodas, no una sesión de terapia. Ahora podemos retomarlo donde lo dejamos o dormir separados esta noche. Depende de ti.

Mia se quedó mirándolo asombrada. ¿Por qué se negaba a abrirse a ella? Al ver su silencio, Ben negó con la cabeza y salió de la habitación.

–¡Ben! –exclamó ella. Salió de la cama para correr tras él, pero, al llegar a la puerta del dormitorio principal, oyó el sonido de la cerradura en la puerta del segundo dormitorio, el que sería de Jasper, al otro lado de la suite.

Perpleja, se quedó mirando la puerta. No se atrevía a creer que su marido la hubiera dejado sola en su noche de bodas por algo de tan poca importancia.

¿Iban a ser así las cosas entre ellas? ¿Ella queriéndole dar a Ben todo lo que tenía y él guardándoselo todo?

Ben se lanzó sobre la cama estrecha y se quedó mirando al techo. ¿Por qué tenía Mia que insistir con el tema? Llevaban casados muy pocas horas y ya quería meterse dentro de su cabeza. Ni siquiera él quería entrar ahí. No quería enfrentarse a la mortalidad que le había aterrorizado mientras yacía atrapado en la jaula de metal que había estado a punto de convertirse en su ataúd. No quería enfrentarse al fracaso en que se había convertido. No deseaba que su esposa viese esa parte de él.

Se concentraría en lo que tenía y no en lo que había perdido. Tenía una esposa y un hijo, y eso era lo único que importaba. Eso y asegurarse de que Jasper y Mia tuvieran lo mejor que la vida pudiera ofrecerles; incluyendo su protección durante el resto de su vida.

Además había cumplido con sus obligaciones con el resto de su familia. La maldición se rompería. Su abuelo podría descansar tranquilo. Todos podrían descansar tranquilos.

Pero mientras se tapaba con la colcha sobre su cuerpo desnudo, tuvo que obligarse a ignorar la sensación de que, de alguna manera, había fracasado igualmente. Como hombre. Como marido. Y como padre.

Tras una noche dando vueltas en la cama, Mia se despertó con el sonido de la lluvia contra las ventanas. Se quedó en la cama e intentó encontrarle sentido a lo ocurrido la noche anterior. Ben se había cerrado por completo, emocional y físicamente, cuando le había preguntado por el accidente. Podía comprender que hubiese sido terrible, ¿pero negarse a hablar de ello por completo? Eso no era saludable. ¿Por qué no confiaba en ella para ayudarlo?

Llamaron a la puerta y ella se tensó. Se volvió hacia la puerta y vio a Ben en el umbral, con una toalla alrededor de la cintura.

–¿Te he despertado? –preguntó él.

–No, ya estaba despierta.

–Siento lo de anoche –dijo mientras se acercaba a la cama–. Hablé con demasiada brusquedad.

Casi sin darse cuenta de lo que hacía, Mia estiró los brazos y lo tumbó en la cama junto a ella.

Ben la rodeó con los brazos y ella sintió el calor de su piel contra la suya. Su encuentro sexual no fue tan intenso como el primero, ni estuvo tan cargado de calor como el intento fallido de la noche anterior. En vez de eso, fue como si hubiera un flujo de dar y recibir. Una mezcla de mentes y de cuerpos.

Cuando Mia llegó al clímax, la sensación fue tan agridulce que sintió las lágrimas en los ojos. Y cuando él alcanzó el orgasmo, Mia no pudo evitar sentir que, aunque en ese momento estuvieran tan unidos como cualquier pareja pudiera estar, aun así había una brecha insalvable entre ellos.

Se quedaron dormidos después, con sus cuerpos tocándose. Ben tenía los dedos entrelazados con los suyos, pero aun así Mia se sentía inexplicablemente sola.

Cuando volvió a despertarse, el sol brillaba en lo alto del cielo y la lluvia había cesado. Por la ventana podía ver el verdor de los jardines bañados por la lluvia; su lozanía era un símbolo de todo lo nuevo y lo fresco. Esperaba que pudiera ser igualmente simbólico del principio de su matrimonio con Benedict del Castillo, pero no podía librarse de la sensación de que el camino para ellos no sería fácil.

Ben ya se había despertado y podía oírlo en el baño. Si hubieran sido como cualquier otra pareja casada, ella estaría allí con él, tal vez incluso compartiendo la ducha, enjabonando sus cuerpos antes de saciar de nuevo sus apetitos. Pero no eran una pareja normal, y tampoco serían una familia normal. No mientras existiera aquel desequilibrio entre ellos. Benedict siempre tendría la ventaja financiera. Siempre podría utilizar a Jasper como influencia sobre ella. Y cuando se mudaran a isla Sagrado, un lugar que ella nunca había visto, la ventaja estaría más de su parte. Por mucho que amara al padre de su hijo, deseaba que su encuentro hubiese sido muy diferente.

La puerta del baño se abrió y Ben salió vestido con su atuendo deportivo habitual. Antes de la boda habían acordado que seguirían con sus rutinas diarias y que ya disfrutarían de una luna de miel cuando estuvieran en isla Sagrado.

—¿A qué hora traerá Elsa a Jasper? —preguntó él.
—Después de comer.
—Iré a por él antes, después de mi sesión de hoy. Quiero que pasemos juntos el mayor tiempo posible antes de irnos a casa.

«Pero ésta es nuestra casa», pensó Mia.
—Claro —dijo en su lugar.

Salió de la cama, se acercó al armario y sacó una bata.
—No puedes culparme por querer pasar tiempo con mi hijo.

–No, tienes razón. No puedo. ¿Quieres también que lo saque de la guardería la semana que viene? Después de todo, nos marcharemos al final de la semana.

–No, que mantenga su rutina por el momento. Pero ajustaré mi horario con Andre para poder llevarlo a la guardería y recogerlo yo mismo.

Mia asintió.

–Pero te veré esta tarde para el masaje, ¿verdad? –preguntó él mientras se ataba los cordones de las deportivas–. ¿Tu madre seguirá haciéndose cargo de Jasper por la tarde como de costumbre?

–Claro que sí –contestó ella–. ¿Pero quieres seguir con los masajes?

–Son parte de mi rehabilitación y forman parte del contrato original, ¿verdad?

Ben se acercó a ella con rapidez, introdujo las manos por debajo de la bata y le agarró los pechos. En cuanto la tocó, sus pezones se pusieron erectos y una llama de deseo se encendió en su cuerpo. Mia aún lo deseaba con todo su corazón. Estaba atrapada en una trampa de su propia creación.

–Sí, así es –dijo con la boca seca.

–Entonces estaré deseándolo, y deseándote. Hasta luego.

Le dio un beso en cada pezón antes darle un beso en la boca que le dejó claro que el masaje de esa tarde no entraría dentro de lo estrictamente profesional. Pero sin duda todos sus miedos habían quedado confirmados. La deseaba físicamente, pero hasta ahí llegaba para él su relación.

Mientras lo veía marchar, intentó encontrar satisfacción en el hecho de saber que probablemente él estaría más físicamente incómodo que ella durante todo el día. Aun así, el consuelo era casi nulo.

Cuando Elsa fue a recoger a Jasper antes del masaje de Ben, le preguntó a Mia si podía hablar con ella un momento en su despacho. Tras darle a Jas un paquete de ceras y un libro para colorear, Mia le dedicó a su madre toda su atención.

—¿Qué pasa, mamá? Esto me parece una reunión o algo, no una charla madre-hija —dijo Mia cuando estuvieron las dos sentadas.

—Bueno, no se trata exactamente de una visita social.

—¿Qué quieres decir? Estás bien, ¿verdad? Creí que el cardiólogo estaba satisfecho con tu salud la última vez que fuiste a verlo.

—Oh, no, no te preocupes, cariño. No tiene nada que ver conmigo físicamente. Tiene más que ver conmigo personalmente.

Mia se quedó mirando a su madre. Parecía diferente.

—Me gustaría presentarme para el puesto de administrador en el Complejo Parker.

—¿Qué? ¿Por qué?

—Sé que probablemente no estoy cualificada para el papel y que hace tiempo que no trabajo de manera remunerada. Pero me he dado cuenta, al casarte tú con Ben, de que ya es hora de que me ponga en marcha y siga con mi vida. He dependido demasiado de ti y es hora de que dependa otra vez de mí misma.

—Mamá, es una gran responsabilidad. ¿Y qué pasa con nosotros? ¿No quieres venir a isla Sagrado? Ben lo tiene todo preparado. Creí que te hacía ilusión.

—Estoy segura de que Jasper se adaptará bien sin

mí. Además, los tres necesitáis tiempo para conoceros como familia, sobre todo si quieres hacer que la cosa funcione. Y quieres, ¿verdad?

–Mamá...

–Mira, lo último que necesitas ahora es a tu madre interfiriendo en tu matrimonio. Y por favor, no intentes decirme que no tengo experiencia llevando este lugar. Probablemente tenga más conocimientos que tú cuando empezaste. Además, podré consultarte siempre que necesite ayuda. Sinceramente, lo has dejado todo tan bien organizado que lo único que hace falta es una mano firme en el timón para que navegue correctamente. Tenemos un gran personal y, a juzgar por las próximas reservas, estaré demasiado ocupada para echaros de menos.

–No tienes que echarnos de menos; deberías venir con nosotros también.

Elsa negó con la cabeza.

–No, cariño, ya estoy decidida. Incluso aunque no me dejaras ser administradora en el hotel, ya he decidido quedarme aquí. Si no puedo quedarme en el Complejo Parker, entonces en Queenstown. Yo...

Para sorpresa de Mia, su madre se sonrojó, pero esa sorpresa no fue nada en comparación con la bomba informativa que soltó a continuación.

–Será mejor que lo diga directamente. Don y yo hemos estado muy unidos estos últimos meses y me gustaría darle a nuestra amistad la oportunidad de evolucionar. Puede que llegue a algo, puede que no. Y sí, sé que es más joven que yo, pero hay algo en ese hombre que me hace sentir joven también. Renuncié a muchas cosas cuando Reuben murió, y no pienso renunciar a nada más en mi vida.

Mia se levantó de su asiento y le dio un abrazo a su madre. Comenzó a hablar automáticamente, sin ser del todo consciente de lo que estaba diciendo. Supo que había dicho lo correcto cuando su madre sonrió, pero, cuando Elsa se marchó y cerró la puerta, Mia se sintió completamente a la deriva. ¿Cómo había podido estar tan ajena a los cambios en la vida de su madre? ¿Tan metida en su trabajo había estado como para no ver que su madre estaba preparada para arriesgarse a tener una relación e intentar ser feliz?

En cuanto a su petición de ser administradora del complejo, Mia no podía decirle que no. Por primera vez en mucho tiempo veía que Elsa miraba hacia el futuro y tenía un objetivo; tenía alguien que la apoyaba y la protegía. Pero sin Elsa a su lado, cuando se mudaran a la otra punta del mundo, ¿quién cuidaría de Mia?

# *Capítulo Doce*

–¿Por qué no duerme mamá en su propia cama?

La voz de su hijo despertó a Ben de un sueño profundo. Un sueño que se había ganado tras otra noche espectacular en brazos de su esposa.

Abrió los ojos y vio al niño, imagen en miniatura de sí mismo, de pie a los pies de la cama. Mia fingía muy bien seguir durmiendo, agarrando la sábana con los puños contra su cuerpo desnudo.

–Te has despertado muy pronto, hijo mío.

Jasper saltó a la cama y se colocó entre sus padres.

Ben le dio un abrazo. Sabía que nunca superaría la increíble sensación de orgullo que le invadía cada vez que veía a su hijo. La idea de que el accidente que le había robado la elección de ser padre no hubiese sido la muerte de sus sueños y esperanzas resultaba a veces abrumadora. Ben estaba deseando que su abuelo viese a Jasper en carne y hueso.

Habían llamado al anciano por Skype la noche anterior. Ben había instalado el hardware y el software necesario en el equipo de Elsa, así que Mia y ella podrían estar en contacto más fácilmente cuando se marcharan. Y habían llamado al abuelo para probar el sistema, y éste se había mostrado encantado y aliviado de conocer al fin a su bisnieto a través de Internet.

Mia había podido hablar brevemente con su amiga Rina Woodville, que estaba prometida con el hermano de Ben, Rey, y que había organizado la visita de Ben al Complejo Parker, pero a pesar del entusiasmo de Rina por el hecho de que Mia y él se hubieran casado y fuesen a instalarse en isla Sagrado, Ben veía la profunda infelicidad en el rostro de Mia.

La idea de que él fuese personalmente responsable de esa infelicidad se le había colado como un erizo bajo la piel. Estaba dispuesto a aceptar que había sido precipitado en sus exigencias al obligar a Mia a aceptar el matrimonio y la mudanza. Había estado tan concentrado pensando en lo que nunca podría hacer que, al darse cuenta de que ya lo había conseguido, no había podido pensar en otra cosa.

Pero sus decisiones habían ido demasiado lejos y no había logrado tener en cuenta los deseos de Mia cuando las había tomado. Si era sincero consigo mismo, ni siquiera había intentado tenerlos en cuenta. La verdad era algo doloroso de afrontar. Le debía todo.

–Vamos, Jas –le dijo a su hijo–, vamos a dejar dormir a mamá y a vestirnos para ir a ver qué hay de desayunar.

–Tengo mucha hambre –dijo Jasper solemnemente.

Mientras Ben salía de la cama y se ponía algo de ropa antes de ir a la habitación de Jasper para ayudarle a vestirse, decidió que encontraría la manera de compensar a Mia. Ella había accedido a hacer todo lo que le había pedido. Tenía que haber una manera de devolverle esa sensación de identidad y de orgullo que creía haber perdido por el camino.

Mientras Jasper y él entraban en el comedor del hotel veinte minutos más tarde, se le ocurrió una idea. Sonrió satisfecho y sacó el teléfono móvil para poder poner en marcha los movimientos necesarios.

Al final, el proceso para lograr la sorpresa de Mia llevó un par de días más. Aun así, Ben quedó satisfecho cuando las cosas salieron según lo planeado. Quedó más satisfecho aún cuando le contó sus planes a Elsa y ella accedió a quedarse con Jasper aquella noche, para que él pudiera sorprender a Mia con una cena romántica sólo para los dos.

Tras su masaje aquella tarde, Ben le contó sus planes. Al menos en parte. Se incorporó sobre la mesa de masaje y colocó a Mia entre sus piernas.

–Ponte algo especial para la cena de esta noche, ¿de acuerdo?

–¿Especial? ¿Qué tipo de especial?

–El tipo de especial que puedas llevar en público.

–Ah, entiendo. Ese tipo de especial. ¿Entonces tenemos planes para esta noche?

–Así es. Se me ocurrió que nunca hemos tenido una cita, así que haré lo posible por solventar esa situación.

–¿Una cita? Es un poco tarde para eso, ¿no te parece?

–Nunca es demasiado tarde, sobre todo cuando tu cita es tan hermosa y sexy como tú.

–¿Vamos a comer aquí? –preguntó ella.

–No, creí que podríamos darle la noche libre al chef e ir a Queenstown. Algo junto al lago. Tu madre dijo que se quedaría con Jas esta noche. ¿Qué te parece?

–Suena muy bien –contestó ella con una sonrisa que iluminó sus ojos verdes–. ¿A qué hora deseas que esté lista?

–Ah, querida –dijo él mientras presionaba su pelvis contra ella–, siempre te deseo.

A Mia se le aceleró la respiración y se le dilataron las pupilas. Era otra cosa que compartían. Ella también era adicta a hacer el amor con él, y lo disfrutaba con un abandono que nunca exhibía en sus actividades del día a día. Ben movió las manos y la agarró por las caderas para apartarla de él.

–Vete mientras pueda dejarte ir. Date un baño relajante y tómate tu tiempo para arreglarte. Va a costarme estar aceptable para dejarme ver en público.

–Yo podría hacer algo por ti –bromeó ella, y colocó las manos en la parte de arriba de sus muslos, con los dedos a pocos centímetros de su erección palpitante.

–No me tientes. Me reservo para luego.

–Entonces promete ser una noche especial –dijo ella.

–Una noche muy especial –le aseguró él.

La miró y supo que había tomado la decisión correcta con la sorpresa. Bajo su generosa amante podía ver los síntomas de fatiga que indicaban el número de veces que ella había salido de su cama por las noches para hacer cuentas en el pequeño escritorio situado en la suite. La había visto las suficientes veces como para saber que, a pesar del dinero que le había pagado por su estancia, el hotel y el spa aún estaban dando sus primeros pasos y, como tal, eran financieramente vulnerables.

Sí, estaba completamente seguro con su regalo, su sorpresa, como quisiera llamarlo. Era todo lo que ella había soñado y más. La idea de ser el hombre que se la daría era tan dulce que casi podía saborearla en la lengua. Y estaba deseando ver su reacción.

\*\*\*

Las luces de Queenstown se reflejaban en el lago a medida que se aproximaban. Desembarcaron en el muelle y Ben pasó el brazo de Mia a través del suyo mientras caminaban hacia el restaurante donde había hecho la reserva.

El restaurante estaba en lo alto de unas escaleras y daba al lago a través de una serie de ventanas del suelo al techo. Fueron conducidos a una mesa que daba a Marine Parade y al ajetreo de actividades que allí había. Ciudad turística, Queenstown era la meca de esquiadores y tableros en aquella época del año, por no mencionar a aquéllos que iban simplemente a disfrutar de la belleza natural de la zona, o los que preferían buscar aventuras en deportes más extremos.

De pronto Ben se dio cuenta de que él ya no se clasificaba en esa categoría. Incluso después del accidente, había estado decidido a recuperar la fuerza física para demostrarse que seguía siendo tan bueno como antes. Ya había pedido el mismo modelo del coche que había estrellado y no podía dejar de pensar en batir su tiempo por la carretera de la costa.

Pero ahora sabía que nunca intentaría superar ese récord de nuevo, ni arriesgaría su vida para sentir el torrente de adrenalina. Había comenzado a entender lo que debía de haber sido para su abuelo perder a su único hijo y a su nuera en la avalancha que se había llevado sus vidas, y lo difícil que debía de haber sido seguir educando a Ben y a sus hermanos, que adoraban los coches rápidos y las mujeres más rápidas aún.

Con Jasper tenía muchas cosas para mirar hacia el

futuro. Quería estar allí en los momentos importantes de la vida de su hijo. Quería ser un buen ejemplo para él. Y con el regalo que le haría a Mia esa noche, sentía que se había hecho cargo de sus obligaciones como marido y como padre. Con eso podrían empezar de cero.

A Mia le encantaba aquel restaurante. Desde el emplazamiento hasta la lista de vinos, pasando por el menú y el servicio. Era todo lo que disfrutaba de salir a cenar. No era uno de los más lujosos, pero era acogedor, y la enorme chimenea situada en el centro del comedor casi daba la sensación de estar cenando en casa de alguien, no en uno de los múltiples restaurantes de Queenstown.

Ben estaba particularmente solícito esa noche, y ella se lo agradecía. De hecho había empezado a creerse que eran una pareja real que compartía sueños y esperanzas. Al menos hasta el momento en el que él sacó un paquete de papeles doblados de su bolsillo y lo colocó sobre la mesa.

–¿Qué es eso? –preguntó ella.

–Es mi regalo para ti. Puede que haya planteado nuestro matrimonio de una manera equivocada al obligarte a aceptar mis condiciones, pero espero poder compensároslo a Jasper y a ti. Quiero que sepas que siempre estaré ahí para cuidar de los dos y para que vuestra vida sea más fácil.

¿Más fácil? Ella no quería que le hiciese la vida más fácil. Quería que aprendiese a amarla. ¿Por qué siempre que hablaban de su matrimonio o de su vida en común el amor nunca se mencionaba?

–¿Los regalos no suelen venir envueltos y con lazos? –preguntó ella.

–Éste no, aunque podría pedir champán si eso te hace sentir más festiva.

–No, no más vino esta noche.

–Entonces tal vez deberías abrir esto.

Mia abrió el paquete e inmediatamente reconoció el membrete del mejor bufete de abogados de la ciudad. Leyó la carta apresuradamente y luego comprobó los demás papeles.

Como una autómata, Mia dobló los papeles de nuevo y volvió a guardarlos en el paquete.

–¿Y bien? –preguntó Ben.

–Son los papeles del banco que confirman que mi préstamo ya ha sido devuelto por completo –contestó ella–, y una copia de las escrituras del Complejo Parker que muestra que la hipoteca ya está pagada. ¿Por qué?

–¿Por qué? Pensé que te gustaría. Ya te dije que cuidaría de Jasper y de ti, y lo he hecho. El complejo es tuyo. ¿No es lo que querías?

Mia intentó tragarse el nudo que tenía alojado en la garganta. ¿Lo que quería? Claro que era lo que quería… con el tiempo. Y por sus propios medios. Estaba dispuesta a trabajar por ello. No quería que le sirvieran las cosas en bandeja de plata. Por fin había aprendido, por las malas, el valor del trabajo duro y la sensación de realización que lo acompañaba.

¿Ben había dicho que quería hacer su vida más fácil? ¿No se daba cuenta de que no quería una vida fácil? Ya había tenido una vida fácil antes, una vida de extravagancias sin importarle las consecuencias. Creía que Ben se había dado cuenta de que ella ya no era esa chica. Ella no quería las cosas fáciles.

–No te alegras –dijo él al ver su rostro imperturbable.

–¿De estar en deuda contigo? No.

–No estás en deuda conmigo. Es un regalo. Mi regalo para ti. Te lo debía.

–¿Me lo debías? Qué gracioso. Eso explica por qué no parece un regalo. ¿Ben, realmente pensabas que podrías comprarnos a Jasper y a mí saldando nuestras deudas?

–¿Compraros?

–Sí, comprarnos.

–Te aseguro que no te considero comprada. No tenía obligación de darte nada, Mia, pero entiendo lo importante que es para ti la seguridad económica. Creí que te alegraría saber que ya no tienes que luchar más. Saber que nada ni nadie puede amenazar lo que has construido. Pero parece que me equivocaba. En cualquier caso, lo hecho, hecho está. El lugar es tuyo. Haz con él lo que quieras.

Su tono despreciativo hizo que a Mia se le llenaran los ojos de lágrimas. De acuerdo, no pretendía que su sorpresa fuese otro vínculo más de obligación, pero era evidente que no lo había hecho como un regalo. Había elegido echar dinero sobre el problema en vez de intentar comprender lo importante que era para ella convertir su negocio en un éxito. Su supuesto regalo demostraba que no la comprendía en absoluto. En lo que a Ben respectaba, había cumplido con su parte y eso era todo lo que iba a obtener de él. Y ella había aprendido que el dinero no era capaz de comprarlo todo. Y mucho menos la única cosa que realmente deseaba.

El amor de su marido.

\*\*\*

El viaje de vuelta al hotel lo realizaron en absoluto silencio.

En la suite, Mia extrañó la presencia de Jasper, pero tendría que esperar a verlo por la mañana. Se preparó para irse a la cama de manera mecánica, como si estuviera en estado de shock. Todo aquello era verdaderamente suyo, pero no lo sentía como suyo. Ben le había quitado el orgullo de hacerlo suyo, sin ni siquiera pararse a pensar en lo que había hecho.

Se metió bajo las sábanas de la cama mientras él iba al cuarto de baño. Ben había dejado la habitación en penumbra para preparar el escenario para la cópula, que era lo único que tenían en común desde la boda. Pero esa noche ella no quería.

Se daba cuenta de que la culpa de encontrarse en esa situación era sólo suya. Ella había permitido que Benedict creyera que estaba preparada para conformarse con eso y nada más que con eso. Era hora de dejar las cosas claras.

Cuando Ben se metió en la cama tras ella y estiró la mano para acurrucarla contra su cuerpo, ella se resistió.

—No —dijo.

—¿No? —repitió Ben mientras deslizaba la mano hacia su pecho.

—No quiero hacer el amor contigo.

—Tu cuerpo te delata, querida.

Mia le agarró la mano y se la quitó de encima antes de darse la vuelta y mirarlo.

—Mi respuesta física es una cosa, Ben, pero la emocional es algo bien distinto. Esta noche me has demostrado que no me conoces en absoluto, y cuando he intentado explicártelo, simplemente has dejado a un lado mis sentimientos porque no eran lo que querías oír. Lo siento por ti, Ben. Para mí, hacer el amor no es algo que hago sólo para obtener placer físico; ya no. Se supone que ha de ser algo especial. Algo que comparten dos personas enamoradas.

—Nuestros encuentros siempre son especiales –insistió él.

—Pero sigue siendo sólo sexo, Ben, y no es suficiente para mí. Por alguna razón piensas que, si inviertes suficiente dinero y encanto en una situación, todo está bien. Pero hay más cosas en la vida. Nosotros podríamos tener más que eso. No pienso dejar que te cierres ante mí en las cosas que realmente importan y que luego lo compenses solventando mis problemas económicos o provocándome orgasmos todas las noches.

—No te he oído quejarte sobre los orgasmos –dijo él.

—No, no me he quejado. Pero no son suficiente, Ben.

Se giró sobre la cama y le dio la espalda.

No podía dejar que viera las lágrimas que habían comenzado a resbalar por sus mejillas, no podía dejarle ver que, a pesar de lo decepcionada que se había sentido esa noche, seguía deseándolo con toda su alma. Pero ella se merecía algo más que eso. Se merecía su amor, y no iba a rendirse hasta obtenerlo.

# *Capítulo Trece*

Ben yacía despierto en la oscuridad. Hacía un par de horas que la respiración de Mia se había estabilizado, lo que indicaba que se había dormido. Había estado llorando; lo sabía y no podía hacer nada al respecto. No sabía por dónde empezar.

El que rechazara su regalo le había dolido más de lo que quería admitir. Pero, dado que dormir le resultaba imposible, se vio obligado a pensar en ello y a intentar entender qué había salido mal.

La velada había empezado bien. La cena había estado excelente, el lugar era idílico, aunque un poco abarrotado para su gusto. Pero todo se había desmoronado cuando le había entregado a Mia los papeles. Lo había acusado de no conocerla en absoluto, de tratarla como algo que se pudiera comprar. La idea de que pudiera llegar a esa conclusión era desconcertante y bastante enervante.

Se preocupaba por ella. Por eso había hecho lo que había hecho. Para complacerla. Para ocuparse de sus problemas, como se había prometido a sí mismo que haría. ¿Por qué, siendo su marido, no iba a hacerlo? Sus problemas estaban resueltos, podía hacer con el Complejo Parker lo que siempre había querido. ¿No era eso lo que deseaba?

Ella le había dado tanto que él sólo había querido devolverle algo. Tal vez simplemente la hubiera pillado por sorpresa. No le cabía duda de que, cuando Mia tuviera tiempo para pensar en las consecuencias de su regalo, lo apreciaría mejor. Tal vez necesitara su espacio. Tiempo para pensar en lo que había hecho y por qué.

Sin embargo, cuando finalmente se quedó dormido, una voz en el fondo de su mente le preguntó por qué seguía sintiendo que se estaba dejando algo. Algo vital y muy importante. Algo que se le escapaba.

La mañana no le proporcionó nuevas respuestas, sólo un deseo de volver a casa y seguir con su vida lo antes posible. Dejó a Mia durmiendo e hizo las llamadas necesarias. La compañía aérea le aseguró que el avión estaría a su disposición en el aeropuerto de Queenstown en dos días.

Dos días. La idea de que volvería a estar en casa en tan poco tiempo resultaba revitalizante. Le gustaba Nueva Zelanda, pero también le gustaban sus montañas y el valle. La explotación de viñedos que tenía allí, y la bodega en la que exploraba métodos para sacar lo mejor de sus uvas y obtener vinos ganadores de premios año tras año. Ésos eran los desafíos a los que quería regresar.

Isla Sagrado para él significaba la familia y la tradición, pero también era un lugar que era suyo. Él lo había construido y era su hogar. Pero sobre todo estaba preparado para regresar ahí con Mia y con Jasper. No seguiría escondiéndose. No volvería a mirar al futuro a solas.

Un sonido en el dormitorio lo sacó de sus ensoñaciones. Mia estaba despierta. Entró en la sala de estar atándose la bata a la cintura y con la gracia inconsciente que le producía un torrente de deseo en la sangre.

–He confirmado nuestra salida a isla Sagrado. Nos marchamos en dos días –le dijo.

–¿Dos días?

–Sí. Yo he estado hospedado aquí durante cuatro semanas. Ese tiempo ha acabado y he conseguido mucho más de lo que imaginaba. No hay nada que nos ate aquí por más tiempo, y cuanto antes os instaléis en vuestro nuevo hogar, mejor.

–Pero yo aún tengo muchas cosas que hacer aquí.

–Mia, sé que esperabas poder pasar una semana más con Elsa para completar su entrenamiento, pero no hay nada de lo que no puedas ocuparte desde isla Sagrado. Deja que se haga cargo a partir de ahora. Está deseando hacerlo, y que tú estés aquí hace que se reprima.

Mia se estremeció como si la hubiera golpeado físicamente.

–La he convertido en administradora. Voy a dejar que se ocupe de todo. ¿Cómo iba a estar reprimiéndola?

Ben se levantó y la agarró por los brazos antes de que ella pudiera darse la vuelta.

–Querida, anoche encaré las cosas torpemente, igual que he encarado el resto desde que llegué. Lo siento, ¿pero puedes culparme por desear llevaros a casa y mostraros a mi familia?

–¿Y puedes culparme tú a mí por querer asegurarme de que mi negocio y mi madre están bien primero? Eres tú el que se va a casa, Ben. Yo soy la que deja el único hogar que jamás ha conocido. Y ahora dices que me marcharé antes de lo que habíamos planeado.

–Eres mi esposa. Jasper es mi hijo. Quiero que los dos forméis parte de mi vida, en mi país. ¿Es tan difícil de entender?

Mia negó con la cabeza y sus ojos se vaciaron de fuego.

–No, no es difícil de entender. Pero tampoco hace que sea más fácil de soportar, nada más.

Mia pasó el resto del día con el piloto automático. Le enseñó a su madre el sistema de reservas online y le mostró el manual que tenía a su disposición cuando comenzaran a operar, por si Elsa tenía alguna pregunta, porque Mia sabía que no estaría disponible para responder inmediatamente cuando se hubieran marchado. Ben podía cansarse de decir que ella podía llevar el negocio por Internet o por teléfono, pero isla Sagrado y Nueva Zelanda tenían una diferencia horaria de doce horas, lo que haría que organizar reuniones fuese un problema.

Jasper se había puesto muy contento cuando lo había recogido esa mañana y le había dicho que se irían a isla Sagrado en dos días. Por supuesto él no entendía que irse allí significaría abandonar todo aquello, tal vez para siempre.

Ben le había dejado un mensaje por la mañana para decirle que no iría al masaje de todos los días, pues iba a llevarse a Andre a la ciudad a comer y a tomar unas copas para despedirse. Andre había decidido quedarse en Nueva Zelanda un poco más y ver un poco del país, así que no volvería con ellos a isla Sagrado. Aquello cuadraba a la perfección con los planes de Mia. Para cuando él regresara al complejo, se sentiría sosegado y estaría preparado para lo que le tenía preparado.

Prepararse le llevó algo de tiempo, pero supo que

había merecido la pena al ver su dormitorio transformado con numerosas velas aromáticas y la cama dispuesta para el masaje especial que había planeado para su marido. Jasper, cansado tras su penúltimo día de guardería, se había ido temprano a la cama y probablemente dormiría toda la noche. Lo único que tenía que hacer Mia era estar lista antes de que Ben regresara.

Acababa de terminar de echarse su loción corporal favorita en las piernas cuando oyó la puerta principal de la suite. Se puso en pie y dejó que el camisón rosa que había decidido ponerse se deslizara por su cuerpo. Ben entró en la habitación y le dirigió una mirada inquisitiva.

–¿Qué es esto? –preguntó.

–Hoy te has perdido el masaje –contestó ella, y se acercó para quitarle el abrigo antes de lanzarlo sobre una silla–. Pensé que, con el viaje a la vuelta de la esquina, te sentirías más cómodo si nos ceñimos a tu programa. Pero primero, un baño en el spa.

Le desabrochó los botones de la camisa muy lentamente antes de sacársela de debajo del pantalón y tirarla al suelo.

Le dio la mano y lo condujo al cuarto de baño. Allí había más velas encendidas, y su reflejo en los espejos de las paredes añadían más brillo e intimidad a la sala. Deslizó las manos hacia su cinturón antes de guiarlo hacia la bañera. El agua estaba preparada con burbujas aromáticas. Mia encendió los chorros de hidromasaje y le señaló a Ben que debía ocupar el asiento en forma de cuerpo para poder disfrutar de todos los beneficios terapéuticos de los chorros.

–¿No vas a meterte conmigo? –preguntó él.

–Yo tengo otros planes. Cuéntame qué tal tu noche. ¿Dónde has ido?

Mientras Ben le hablaba de sus actividades con Andre, ella sirvió una copa de vino tinto y dio un trago antes de llevársela a los labios para que él también pudiera beber. Ben la observaba como un halcón, sonrojado, mientras ella lamía una pequeña gota de vino que había quedado en el borde de la copa antes de ofrecérsela de nuevo.

–¿De qué va todo esto, Mia? –preguntó–. Anoche no querías ni tocarme.

–Me mostré excesivamente emocional. Lo siento. Si te sirve de consuelo, rechazarte fue tanto castigo para mí como para ti.

–No es consuelo en absoluto. Sigo sin entender por qué estabas tan triste y enfadada.

Y ése era el problema. No entendía que abrirse camino allí era importante para su identidad, y para librarse de la carga que le había causado a su padre. ¿Pero estaría siendo injusta al pretender que lo entendiera automáticamente? Él no sabía por lo que había pasado, y aunque lo acusaba de no abrirse emocionalmente, ella tampoco había compartido todo su pasado. Eso estaba a punto de cambiar.

–Creo que, para entender eso, tendrías que haber caminado en mis zapatos durante los últimos tres años y medio. Pasé de tenerlo todo, sin haberlo ganado, a no tener nada y a tener que luchar por conseguirlo.

–Pero casi todo el mundo disfrutaría con la idea de poder ver resueltas sus preocupaciones.

–Casi todo el mundo, sí.

–Pero tú no.

–No, yo no, porque por primera vez en mi vida

me di cuenta de lo mucho que tenía que trabajar para conseguir las cosas, y lamenté profundamente haberme vuelto tan complaciente. No fue fácil, pero eso me redefinió. Me hizo darme cuenta de lo vacía que había estado mi vida. El hecho de que me lo pusieras todo de nuevo en bandeja de plata me hizo pensar que aún me veías como a la chica a la que conociste la primera vez. No a la mujer que soy ahora.

«La mujer que te ama», pensó. Las palabras resonaban en su cabeza, pero tenía demasiado miedo a decirlas en voz alta.

–Creo que puedo entenderlo hasta cierto punto –dijo Ben tras una pausa–. Probablemente ésa sea la razón por la que mis hermanos y yo elegimos diferentes maneras de expandir el negocio familiar. Nos complementamos los unos a los otros, pero somos nuestro propio maestro; hacemos las cosas a nuestra manera. De ese modo podemos ponernos objetivos y saber que nuestros logros son únicamente nuestros.

Ben se quedó callado y Mia se preguntó si habría dicho demasiado, o demasiado poco. Le entregó la copa de vino y vio como bebía antes de devolvérsela. Después apagó los chorros de la bañera.

–Creo que ya es suficiente por ahora –dijo, y se puso en pie para ir a por una enorme toalla blanca.

Ben se levantó y ella observó las gotas de agua resbalando por su cuerpo hacia la bañera. Cuando hubo salido de la bañera, Mia se acercó y comenzó a secarlo. Se tomó su tiempo, acariciando la toalla sobre su espalda y las nalgas, antes de secarle las piernas. Luego centró la atención en su pecho, su abdomen y su ingle.

Estaba completamente excitado cuando terminó, pero cuando se acercó a ella, Mia negó con la cabeza.

–Aún no. Como ya he dicho, tengo planes para ti. Ven a la cama –susurró con una sonrisa.

Lo tumbó bocabajo sobre la cama y se sentó a horcajadas sobre sus piernas. Luego alcanzó la loción que había preparado antes, aromatizada con esencias exóticas y embriagadoras. Comenzó a extender la loción sobre su piel con movimientos fluidos que comenzaban en la base de su espalda e iban subiendo.

Al llegar a los hombros, sintió la tensión acumulada allí y multiplicó sus esfuerzos. Después apartó las manos y las reemplazó por besos suaves antes de regresar al masaje. Cuando quedó convencida de que estaba completamente relajado, se movió hacia los pies de la cama y les dedicó a sus piernas las mismas atenciones. Al inclinarse para darle besos detrás de las rodillas, por fin se permitió reconocer el deseo ardiente que había ido creciendo en su interior.

Con cada movimiento sus pechos rozaban el camisón y se excitaba más. La seda acariciaba sus pezones con la suavidad de las caricias de un amante, pero no era suficiente. Deseaba más. Deseaba a Ben. Se obligó a calmarse, a concentrarse en lo que deseaba a largo plazo.

Se puso de rodillas y apartó el peso de él por un momento.

–Date la vuelta, Ben –le ordenó.

Lentamente él se dio la vuelta, dejando al descubierto su cuerpo ante ella, todo su cuerpo. Mia no dejó de mirarlo a los ojos, sabiendo cómo se sentía por las cicatrices que zigzagueaban por su abdomen. Sabía que, más que nada, era el recuerdo constante de su error lo que le hacía odiarlas tanto.

De nuevo se sentó a horcadas sobre sus muslos,

pero evitó su erección. Se inclinó hacia delante para masajearle el pecho, con las manos aún suaves con la loción, y sintió que la erección rozaba su camisón.

Siguió mirándolo a los ojos, aunque cada vez le costaba más con cada movimiento que hacía. Evitó su abdomen por completo y colocó las manos en la parte superior de sus muslos. Deslizó suavemente los dedos hacia arriba, hasta llegar a sus caderas, y después por sus nalgas.

Sin apartar la mirada, se inclinó hasta acariciar su miembro hinchado con su aliento. Ben nunca antes le había permitido esa intimidad. Cada vez que estaban juntos él se había centrado en su placer antes de saciar el suyo propio. Con sus manos y con su lengua. Pero ahora Mia quería hacer lo mismo por él.

Le dio un beso en la punta y esperó una protesta. Apareció una gota de humedad e instintivamente ella sacó la lengua para saborearlo. Ben gimió en el cabecero de la cama y apretó los puños mientras unas palabras ininteligibles salían de su boca.

Mia tuvo una gran sensación de poder y de control, junto con la certeza de que estaba haciendo eso con su permiso. De que deseaba que estuviera con él, que le hiciera eso, tanto como ella deseaba hacerlo.

Mia saboreó con los labios la cabeza hinchada de su miembro, acompañando cada movimiento con una ligera caricia de su lengua. Él se retorció y ella interpretó eso como una señal. Cerró la boca y movió la lengua en círculos para saborear su esencia. Cambió de postura ligeramente para poder saborearlo de manera más profunda y volverlo loco con los movimientos de su lengua y de su boca.

Sintió que su miembro crecía más aún y fue consciente de su propia respuesta húmeda entre las piernas. Lo necesitaba, necesitaba sentirlo dentro y llegar al éxtasis con él. Apartó la boca y se incorporó mientras se quitaba el camisón.

Ben abrió los ojos cuando Mia se colocó encima y sintió la punta de su miembro preparada para entrar. Movió las caderas hacia delante y luego hacia atrás sobre su piel palpitante, para cubrir su miembro con su humedad.

Ben le puso las manos en las caderas y la detuvo. Ella colocó las manos sobre las suyas y bajó el cuerpo lentamente mientras la penetraba. Jadeó al sentir cómo llenaba su cuerpo por dentro. Aquello era más que sexo, más que hacer el amor. Era una unión total de cuerpo y espíritu.

¿Podría sentirlo él también? ¿Palpitaría su corazón con cada movimiento al igual que le pasaba a ella?

Colocó las manos sobre sus hombros y él le acarició los pechos y le estimuló los pezones con los pulgares.

El orgasmo la pilló por sorpresa y recorrió su cuerpo con convulsiones de placer. Debajo de ella, Ben levantó las caderas y gimió cuando su cuerpo llegó al clímax y desencadenó otro torrente de placer en su propio cuerpo.

Mia se dejó caer sobre él, exhausta, con el corazón acelerado. Mientras su cuerpo se convulsionaba con las últimas sacudidas de placer, encontró la fuerza para decir las palabras que mantenían cautivo a su corazón.

–Te amo, Ben.

Sintió que su cuerpo se tensaba y que dejaba de acariciarla. Esperó su respuesta. Esperó alguna palabra que respondiera a su declaración. Pero sólo se encontró con el silencio.

El arrepentimiento atravesó su alma como una flecha helada. No importaba lo que dijera o hiciera, Ben nunca le permitiría atravesar las barreras que había construido entre el mundo y él. Mia se quitó de encima y se acercó al borde de la cama. Ben se movió para tumbarse tras ella, pero el calor físico que manaba de él no pudo alcanzar el lugar frío y solitario de su pecho, donde su corazón latía por él.

## *Capítulo Catorce*

Sus palabras aún daban vueltas en su cabeza por la mañana, cuando se levantó de la cama y fue al cuarto de baño a ducharse.

«Te amo, Ben».

Le había sorprendido darse cuenta de lo mucho que sus palabras significaban para él, y sabía que ella esperaba algo a cambio. Se merecía algo más que el silencio que le había devuelto. ¿Pero amor? Ni siquiera creía que fuese capaz de volver a amar. No lo merecía. No de ella. Ella se merecía algo mucho mejor; se merecía a un hombre que no estuviera dañado por la vida y que pudiera darle el regalo de su amor.

Había creído que sería suficiente con solucionar sus problemas, asegurarse de que Jasper y ella tuvieran de todo. Pero ahora comprendía por qué se había ofendido tanto con su regalo. Aquello no era lo que ella deseaba de él; no estaba interesada en los regalos que el dinero pudiera comprar. Lo que deseaba era su amor. Y él no estaba seguro de poder dárselo.

«Te amo, Ben».

Mia era una madre excelente para Jasper y se merecía la oportunidad de tener más hijos si lo deseaba. Con él, no tendría esa oportunidad. Tal vez ahora dijera que lo amaba, ¿pero y en el futuro? No era tan fácil como había imaginado en un principio. Dado que al fin comprendía qué era lo que la motivaba, se preguntaba cómo podría seguir amándolo si la apartaba de todo aquello que le era preciado, de todo aquello por lo que tanto había trabajado.

Allí ella tenía razón de ser, y por fin lo comprendía. Él se había burlado cuando le había dicho que ya no era la chica que había conocido. Pero había sido un idiota arrogante. Mia había cambiado más de lo que ella misma se daba cuenta. Se había convertido en una mujer digna del tipo de amor que un marido en condiciones debería darle. Pero él no era ese hombre, lo que significaba sólo una cosa. Tenía que dejarla ir. Tenía que regresar a isla Sagrado sin ella, sin Jasper. Sería la única manera en la que podría vivir consigo mismo.

Y si la maldición demostraba ser cierta después de todo, si no conseguía tratarla con el honor, la sinceridad y el amor que merecía, entonces al menos esperaba que el respeto hacia su familia y la determinación por honrar sus deseos fuesen suficientes para satisfacer a la institutriz. Por fin había admitido la verdad sobre sus fallos y, aunque no merecía el amor de Mia, tal vez el hecho de que ella lo considerase merecedor de él fuese suficiente.

Pero a pesar de haberlo racionalizado, Ben sabía que le rompería el corazón cuando se marchara, y eso le dolía profundamente. Aun así, estaba seguro de que estaría mejor sin él. Y eso fue lo único que le dio fuerza para tomar la decisión.

Regresó en silencio al dormitorio, se vistió y salió de la habitación. A lo largo del día le comunicaría su decisión, cuando Jasper estuviera fuera. En la guardería iban a hacerle una fiesta de despedida al niño, pero eso no podía impedirlo. Jas regresaría allí el lunes por la mañana, después del fin de semana. Esperaba que el niño no acabase muy confuso, y se recordó a sí mismo que los niños eran resistentes y se adaptaban a los cambios mucho mejor que los adultos.

Mientras cerraba la puerta del dormitorio, le dirigió una última mirada a la mujer que le había dado tanto y supo que estaba haciendo lo correcto para todos.

Mia se quedó mirando a Ben con la boca abierta. Sentía la piel tirante, la cara helada y los puños apretados.

—¿Qué?

—Ya me has oído, Mia. Mañana me marcharé yo solo a isla Sagrado. Es lo mejor.

—¿Lo mejor? ¿De qué diablos estás hablando? Estamos casados, somos marido y mujer. Se supone que tenemos que estar juntos, ¿no? ¿Y qué pasa con Jasper? ¿Sinceramente quieres decir que, después de todo lo que has hecho para demostrar que es hijo tuyo, y después de casarte conmigo, vas a abandonarnos?

En aquel momento todos sus escrúpulos sobre abandonar Nueva Zelanda se desvanecieron. ¿En qué había estado pensando, viviendo su vida como si lo único que importara fuese redimir el pasado? El pasado había quedado atrás y nada de lo que hiciera podría cambiar eso. Lo único que importaba ahora era encontrar una vida que pudiera hacerle feliz. Para ella la felicidad era pasar el resto de su vida con el hombre al que amaba. ¿Y ya ni siquiera tenía esa oportunidad? ¿Qué había ocurrido para hacerle cambiar de opinión?

Se había quedado dormida esa mañana, y Jasper también. Había tenido que correr para tenerlo preparado para su último día en la guardería. Tras dejarlo con Elsa, había regresado a su despacho para finalizar con algunos papeles, y ahí era donde Ben la había encontrado media hora más tarde.

–He tomado mi decisión –dijo él–. No voy a cambiarla, Mia. Deberías ser feliz.

–¿Has tomado tu decisión? Estamos casados, Ben. No puedes ignorar eso.

–Podemos seguir casados hasta que conozcas a otra persona.

–Hasta que conozca a alguien –repitió ella–. Anoche te dije que te amaba, Ben. No quiero encontrar a nadie más, y Jasper tampoco. Quiere a su padre. No puedes hacernos esto.

–Es lo mejor. Con el tiempo, te aseguro que lo comprenderás.

–¿Por qué? ¿Por qué nos haces esto? –insistió ella. No pudo aguantar más y las lágrimas comenzaron a brotar de sus ojos.

–Hice mal en tratarte así –dijo Ben–, sin tener en consideración tus sueños ni tus esperanzas para el futuro. No debería haber intentado quitarte esas oportunidades. Yo no tengo lugar en ese futuro. Te mereces conseguir todo lo que te propongas hacer. Al menos ahora eso puede ocurrir.

–¿Y qué pasa con tu abuelo? ¿Qué pasa con la maldición de la que me hablaste?

–Yo se lo explicaré todo a mi abuelo. Mi infertilidad, todo. Tiene un bisnieto, espero que eso sea suficiente para que comprenda que su obsesión con la maldición era sólo eso, una maldición infundada. Si no, bueno, es un anciano y puede perdonársele una irracionalidad de vez en cuando.

–¿Y ya está? –Mia no podía creer lo que estaba oyendo. No después de todo lo que habían pasado para llegar a ese punto.

–Sí. Me quedaré en un hotel en Queenstown esta noche y estaré mañana en el aeropuerto para mi vuelo. Don está esperándome ahora con el barco. Mi equipaje ya está a bordo y me he tomado la libertad de trasladar vuestro equipaje de vuelta a vuestro apartamento. Estoy seguro de que, cuanto antes volváis a vuestra antigua rutina, mejor para todos.

–¿Al menos te despedirás de Jasper antes de irte?

–Creo que es mejor no hacerlo. Puede que se entristezca, y se acostumbrará más rápido cuanto antes me vaya, estoy seguro. Aunque me gustaría pedirte un favor. Entenderé que no quieras hacérmelo, pero te ruego que, por favor, lleves a Jasper a isla Sagrado por su tercer cumpleaños. Mi familia se perdió su nacimiento y dos cumpleaños. Yo lo organizaría todo y estaría muy agradecido si pudiéramos estar juntos en esa ocasión.

–Podrías tenernos allí permanentemente, Ben. Podríamos marcharnos contigo mañana.

–No, no puedo hacerte eso, Mia. He sido un tonto egoísta. Al menos permíteme esto; deja que te devuelva tu vida, la vida que mereces.

Mia sintió un nudo en la garganta y, cuando Ben se dio la vuelta para marcharse, estiró la mano y lo agarró del brazo.

–¿Y ya está? ¿Ni siquiera hay un beso de despedida?

Él negó con la cabeza y se apartó.

—Mia, sé lo mucho que esto te duele. No quiero prolongar tu dolor más de lo necesario. Te lo haré saber cuando llegue a isla Sagrado. Tal vez dejes que Jasper hable conmigo online de vez en cuando, para que no se olvide de mí por completo.

Mia se llevó el puño a los labios, temiendo que, si abría la boca, podría salir de ella algo inhumano. Incapaz de hablar, simplemente asintió y vio marchar a Ben sin poder hacer nada. Y llevarse su corazón consigo.

—¿Qué quieres decir con que se ha ido? —preguntó Elsa.

—Sin más, mamá. Regresa sin nosotros. Ya no nos quiere.

—Estoy segura de que eso no es cierto —dijo su madre—. Puede que no lo sepa, o que no quiera admitirlo, pero estoy segura de que te quiere. ¿No puedes seguirlo?

—¿Y qué? ¿Enfrentarme de nuevo a su rechazo? Incluso yo tengo un límite, y no es como si sólo tuviera que pensar en mí.

Miró hacia el otro extremo de la habitación, donde Jasper jugaba con sus juguetes, totalmente inmerso en su mundo imaginario.

—¿Se lo has dicho ya?

—No, no me atrevo. Aún me siento muy mal. Tal vez mañana. Para entonces probablemente ya habrá empezado a hacer preguntas.

Elsa se levantó de la mesa donde acababan de cenar y se agachó para darle un abrazo a su hija.

—¿Qué voy a hacer, mamá?

—Aceptar cada día como venga, cariño. Es lo único que puedes hacer.

Con las palabras de su madre aún en los oídos, Mia preparó a Jasper para irse a la cama. Para cuando ella se acostó, sabía que dormir sería lo último que le ocurriría aquella noche. No paraba de revivir en su mente la escena final con Ben, una y otra vez, y las lágrimas comenzaron a brotar de sus ojos nuevamente.

Por la mañana no se sentía mejor, y se descubrió a sí misma contemplando el cielo en busca del avión privado que despegaría en cualquier momento y se llevaría a Ben de vuelta a isla Sagrado. Tras dar de desayunar a Jas, decidió llevarlo con ella al hotel, para poder terminar los preparativos para una reserva de un grupo de escritores de Australia que llegarían a principios de la semana siguiente.

Fue interceptada por Elsa y por Don, que sugirió que llevaran a Jasper a los jardines de Queenstown y a comer a la ciudad. Aunque habría preferido disfrutar de la compañía de su hijo, Mia accedió. Al menos así tardaría más en empezar a hacer preguntas sobre Ben.

Llevaba trabajando más o menos una hora cuando un sonido fuera del despacho llamó su atención. No le prestó atención, sabiendo que los limpiadores debían darle un repaso a la zona de recepción antes de que el hotel reanudara su actividad habitual, y ni siquiera levantó la cabeza cuando oyó que llamaban a la puerta.

—Adelante —dijo.

—¿Ya has vuelto al trabajo?

Mia levantó la cabeza al oír la voz de Ben. No podía creer lo que estaba viendo. Ni siquiera se atrevió a moverse o a respirar, por miedo a que pudiera desaparecer como si fuera un fantasma.

–¿Mia, estás bien? –se acercó a la mesa y la puso en pie–. Lo siento. No pretendía asustarte.

–Has vuelto.

–No podía marcharme. He sido un idiota. Pensé que podría alejarme de ti, devolverte tu vida. Pero soy mucho más egoísta que eso. No quiero dejarte ir. Os quiero a Jasper y a ti en mi vida cada día, no sólo de visita durante el año, y no me lo perdonaría si alguien más se quedara contigo.

–¿Por qué te fuiste? Te dije que te amaba, Ben. ¿Cómo pudiste dejarnos así?

Ben cerró los ojos por un momento y, cuando los abrió, Mia vio el remordimiento en su mirada.

–No quería causarte más dolor. En mi arrogancia pensé que sería mejor para todos dejarlo estar, antes de que aprendieras a odiarme de nuevo.

–Ben, nunca te he odiado. No podría...

–Lo sé. Ahora lo comprendo. El amor no es así, ¿verdad? Tenía miedo de amarte. Miedo de que algún día te arrepintieras de haberte casado conmigo y desearas más de lo que yo te ofrecía. Más hijos, y poder criarlos aquí, y conservar tu trabajo. Creía que lo fácil sería marcharme y dejarte en tu mundo, pero soy un hombre débil, Mia. Lo deseo todo. Te deseo a ti, deseo a Jasper. Deseo que tengamos una vida juntos. No quería amarte, abrirme y ser vulnerable. ¿Cómo pude ser tan idiota? Creí que no era merecedor de tu amor, que no era lo suficientemente fuerte. Pero desde que me marché de aquí ayer, sufrí. Era un dolor peor que el que soporté tras el accidente, y es el tipo de dolor que sé que soportaré el resto de mi vida, a no ser que puedas perdonarme por ser tan idiota, por hacerte tanto daño.

Mia le agarró las manos con fuerza.

—Ben, no hay nada que perdonar. Te amo. Siempre te amaré. No me importa que no podamos tener más hijos. De acuerdo, para ser totalmente sincera, siento que no podamos darle a Jasper un hermano o una hermana, pero puedo aceptarlo si tú puedes. Tenemos un hijo precioso y sano. Es un regalo para ambos, y es algo preciado porque siempre será nuestro hijo. No sé si alguna vez comprenderé plenamente qué fue lo que te apartó de nosotros, sólo me alegro de que hayas vuelto.

Se acercó y le dio un beso con todo su amor y el alivio de ver que había regresado.

—He aprendido una poderosa lección, Mia. Siempre pensé que la fuerza de un hombre estaba ligada a su masculinidad. Eso es parte de lo que llevaba a ponerme cada vez más a prueba cuando intentaba algo; física, mental y emocionalmente. Y siempre que triunfaba, me convencía a mí mismo de que era más fuerte, un hombre mejor. Hasta el accidente. Me hizo aceptar que, después de todo, sólo soy un hombre. Un hombre con defectos, y más ahora después del accidente. Tenemos un credo en mi familia: «Honor, verdad, amor». Son las palabras que la institutriz dijo que tendríamos que aprender hace trescientos años, y me avergüenza reconocer que ni siquiera después de estar a punto de perder mi vida me di cuenta de lo importantes que eran esos valores. Tuve que estar a punto de perderte para darme cuenta de lo importantes que son esas palabras para mí, para mi vida, para nuestra vida en común. Te amo, Mia. Con todo lo que soy, con mis defectos y todo. Te amo. Y te prometo que te honraré toda mi vida, con la verdad siempre entre nosotros, y con un amor inmortal por ti y por Jasper.

–¿Eso significa que podemos irnos juntos a isla Sagrado? –preguntó ella.

–No.

–¿No? ¿Qué quieres decir? ¿Cómo puedes decir que me amas y luego decir que no podemos ir contigo? No puedes hacerme eso, Ben. No puedes.

–Quiero decir que, si me dejas, quiero quedarme aquí. Contigo y con Jasper. Puedo hacer mi trabajo en cualquier parte del mundo, Mia. Dios sabe que en el viñedo se las han apañado bien sin mí desde el accidente, y pueden seguir haciéndolo. Pero lo que no puedo tener en cualquier parte del mundo es la certeza de que tú estás aquí cumpliendo tus sueños y metas. Así que aquí es donde nos quedaremos, a no ser que digas lo contrario. Os quiero más que a nada en el mundo. No podría alejarme de vosotros, al igual que no podría dejar de respirar. Estuve a punto de perder la vida una vez, Mia, y no creí que pudiera volver a sentirme tan asustado y vulnerable. Pero ahora lo estoy. Jasper y tú sois mi vida ahora. Sin vosotros no soy nada, no soy nadie. No estoy dispuesto a volver a arriesgarlo. Me he visto obligado a aprender duras lecciones en mi vida, y creo que puedo decir que las he aprendido. Ahora sé que mi fuerza no está ligada a mis logros ni a mi fertilidad, ni a lo deprisa que pueda conducir un coche. Mi fuerza está ligada a mi amor por ti y por nuestro hijo. ¿Dejarás que me quede con vosotros?

Mia levantó las manos y deslizó los dedos por la

cara de Ben. La cara del hombre al que sabía que amaría durante el resto de su vida.

—Nunca volveré a dejarte marchar, Benedict del Castillo. Eres mi marido, el padre de mi hijo, y el único hombre al que siempre amaré. No me importa dónde vivamos; mi hogar será cualquier lugar que comparta contigo.

Se sintió invadida por la felicidad, que reemplazó la pena, las decepciones y los miedos que había tenido en el pasado. Y supo, sin lugar a dudas, que su futuro, el de ambos, era un futuro al que podrían enfrentarse con el corazón y sin mirar atrás.

# *Epílogo*

La ceremonia de compromiso celebrada en la capilla del castillo la noche anterior había sido preciosa. Era un momento que Ben atesoraría durante el resto de su vida. Tras insistir en que ya estaban casados, Mia no había querido celebrar otra boda allí en isla Sagrado, donde habían llevado a Jasper a conocer a su nueva familia, pero había accedido a su deseo de reafirmar sus votos con su familia como testigo.

Ver la cara de alegría de su abuelo había hecho que la lucha de los meses anteriores mereciese la pena. Saber que había cumplido con su parte del trato era algo que no tenía precio.

En la capilla, Ben había sentido el peso de la expectación de nueve generaciones sobre sus hombros mientras intercambiaba los votos con Mia frente a su familia, en la ceremonia privada que había tenido más significado para ambos que la boda precipitada de hacía semanas.

Y en aquel momento, mientras caminaba por la playa con Mia, con Jasper, con sus hermanos y con sus familias, Ben se sintió por fin en paz con el mundo.

–Rey, creo que deberíamos cancelar la gran boda y celebrar algo más íntimo en la capilla –le dijo Rina a su prometido.

–¿Estás segura de que quieres eso? Ya lo tienes todo planeado –respondió Reynald.

—Lo sé, lo sé. Las viejas costumbres son difíciles de romper, pero desde anoche he estado pensando que significaría mucho más para mí que nos casáramos en el castillo. Sería algo íntimo y se celebraría antes. La ceremonia de Ben y de Mia fue preciosa, muy propia de ellos, ¿sabes? Yo quiero eso para nosotros.

—Alex y yo tuvimos nuestra propia ceremonia privada en la capilla, solos los dos —dijo Loren, la esposa de Alex—. Fue muy especial y única. Creo que es una buena decisión. Al fin y al cabo, es una cuestión de los dos. Eso es lo más importante.

Por el rabillo del ojo, Ben vio a Alex abrazar a Loren.

Reynald le dirigió a su prometida una mirada de amor que indicaba que podría hacer lo que deseara siempre y cuando se mantuviera a su lado.

—Haz lo que tengas que hacer —dijo con una sonrisa—. Lo único que yo deseo es que podamos ser marido y mujer. No puedo creer que mi hermano pequeño se nos haya adelantado.

Ben se carcajeó.

—Siempre fui más rápido que tú, Rey. Ya es hora de que lo admitas.

—¡Jamás! —bromeó Rey—. Pero, oye, me alegro mucho por ti, Ben. ¿Una esposa y un hijo? Creo que podemos decir que la maldición ha sido levantada.

—¿Dónde está Jas? —preguntó Mia.

Ben miró hacia la playa. Estaban acercándose al cabo sobre el que se alzaba el castillo. No vio a Jasper por ninguna parte.

—No creéis que se haya acercado a la orilla, ¿verdad? —preguntó Loren.

—No, sabe que no debe hacerlo. Ha crecido junto

al agua, pero no está acostumbrado a las olas como las que tenéis aquí. Si ha venido una ola grande… –Mia no pudo terminar la frase.

Los tres hombres comenzaron a correr por la arena, seguidos de las mujeres, hasta llegar al cabo.

–¡Ahí está! –gritó Alex–. ¡Está bien!

Ben no se detuvo hasta que no alcanzó a Jasper. Lo tomó en brazos y lo abrazó.

–Me has dado un buen susto, hijo mío. La próxima vez quédate donde pueda verte, ¿de acuerdo?

–De acuerdo, papi –dijo Jasper con una sonrisa.

Cuando dejó a su hijo de nuevo en la arena y llegaron las mujeres, vio que Jasper tenía algo en la mano.

–¿Qué tienes ahí?

Jasper abrió la mano y les mostró una cadena de oro con algo grande y sólido entrelazado. Ben sintió un vuelco en el corazón. La Verdad del Corazón. El collar que la institutriz había lanzado al mar hacía tanto tiempo. Le quitó el collar a Jasper y lo balanceó en el aire frente a sus narices. El rubí en forma de corazón estaba sorprendentemente limpio y brillaba a la luz del sol.

Alex y Rey se quedaron blancos de la sorpresa.

–¿Es eso lo que crees que es? –preguntó Rey.

–Sí –respondió Alex.

Mia se arrodilló en la arena junto a Jas.

–¿Dónde lo has encontrado, cariño?

–La señora sonriente me lo ha dado –respondió el niño, al que comenzaba a temblarle la barbilla al ver la tensión en las caras de los adultos.

Ben se arrodilló junto a Mia.

–No pasa nada, Jas. Sólo nos sorprende, nada más. Háblame de la señora. ¿De dónde vino?

Jasper señaló hacia las olas que rompían contra los acantilados.

–Vino del agua. ¿Papá, dónde ha ido ahora?

Ben sonrió y abrazó a Jas.

–No la veo, hijo mío. Tal vez haya vuelto a su casa, a descansar.

Se incorporó lentamente y miró a sus hermanos. Aunque ninguno dijo nada, todos se acercaron a sus mujeres. La prueba irrefutable de que se había roto la maldición les quitó un peso de encima y les prometió un futuro feliz para todos, para siempre.

Desde lo alto del acantilado, sobre la playa, una mujer observaba a la familia. Por fin, una auténtica familia en todo el sentido de la palabra. Se llevó las manos a los labios y luego extendió los brazos para abarcarlos en un abrazo imaginario antes de desaparecer con la cara sonriente y el alma al fin en paz.

# Deseo

## Entre los dos

**RACHEL BAILEY**

Un accidente de coche dejó a April Fairchild sin memoria y propietaria de un hotel de lujo que no recordaba. Entonces conoció al guapísimo empresario Seth Kentrell, cuyo difunto hermano era el antiguo propietario del hotel. Seth estaba seguro de que April era una cazafortunas... ¿y cómo iba a negarlo ella si ni siquiera recordaba su nombre?

Seth haría lo que hiciera falta para recuperar el hotel familiar, pero April se negaba a firmar nada hasta que recuperase la memoria. De modo que tendría que persuadirla para que lo hiciera. Y disfrutaría haciéndolo... al menos hasta que descubriese la verdad.

*Verdades, mentiras...*
*y seducción*

**¡YA EN TU PUNTO DE VENTA!**

# Acepte 2 de nuestras mejores novelas de amor GRATIS

## ¡Y reciba un regalo sorpresa!

## Oferta especial de tiempo limitado

**Rellene el cupón y envíelo a**
**Harlequin Reader Service®**
3010 Walden Ave.
P.O. Box 1867
Buffalo, N.Y. 14240-1867

**¡Sí!** Por favor, envíenme 2 novelas de amor de Harlequin (1 Bianca® y 1 Deseo®) gratis, más el regalo sorpresa. Luego remítanme 4 novelas nuevas todos los meses, las cuales recibiré mucho antes de que aparezcan en librerías, y factúrenme al bajo precio de $3,24 cada una, más $0,25 por envío e impuesto de ventas, si corresponde*. Este es el precio total, y es un ahorro de casi el 20% sobre el precio de portada. !Una oferta excelente! Entiendo que el hecho de aceptar estos libros y el regalo no me obliga en forma alguna a la compra de libros adicionales. Y también que puedo devolver cualquier envío y cancelar en cualquier momento. Aún si decido no comprar ningún otro libro de Harlequin, los 2 libros gratis y el regalo sorpresa son míos para siempre.

416 LBN DU7N

| Nombre y apellido | (Por favor, letra de molde) | |
|---|---|---|
| Dirección | Apartamento No. | |
| Ciudad | Estado | Zona postal |

Esta oferta se limita a un pedido por hogar y no está disponible para los subscriptores actuales de Deseo® y Bianca®.
*Los términos y precios quedan sujetos a cambios sin aviso previo.
Impuestos de ventas aplican en N.Y.

SPN-03 ©2003 Harlequin Enterprises Limited

# Bianca

***Ambos navegaban en aguas peligrosas...***

Navegar por la costa mediterránea en un yate de lujo parecía un buen plan... ¡pero para la periodista Isobel Keyes era un auténtico infierno! Estaba atrapada en la embarcación con Marco Lombardi, el protagonista de su siguiente artículo, el hombre que había provocado la ruina de su familia...

Marco aparecía a menudo en las páginas de sociedad, pero odiaba a los periodistas. Librarse de Isobel Keyes parecía un buen plan... hasta que la periodista empezó a despertar su interés. De pronto, sintió deseos de besarla, de contárselo todo...

*Entrevista a un seductor*

Kathryn Ross

**¡YA EN TU PUNTO DE VENTA!**

# Deseo

## Un ardiente amor
### PAULA ROE

A Zac Prescott le llevaba muchas horas dirigir una compañía multimillonaria. Afortunadamente, su eficiente ayudante hacía que la carga de trabajo fuera casi soportable. Su relación era estrictamente profesional... hasta la noche en que Emily Reynolds por fin se soltó el pelo. Y el magnate no dudó en robarle un beso.

De repente, lo único en lo que Zac podía concentrarse era en su secretaria. Por desgracia, después del beso ella se marchó. ¿Lograría Zac que volviera sugiriéndole nuevos proyectos... y algo de placer? ¿O acaso Emily buscaba un nuevo puesto... como su esposa?

*Negocios, placer... ¿y posibilidades?*

## ¡YA EN TU PUNTO DE VENTA!